主编 凌翔

春天落在肩膀上

陈翠珍 著

文化发展出版社
Cultural Development Press

·北京·

图书在版编目（CIP）数据

春天落在肩膀上 / 陈翠珍著． — 北京：文化发展出版社，2023.7
ISBN 978-7-5142-4014-6

Ⅰ．①春… Ⅱ．①陈… Ⅲ．①随笔-作品集-中国-当代 Ⅳ．①I267.1

中国国家版本馆CIP数据核字（2023）第113817号

春天落在肩膀上

著　者　陈翠珍

出 版 人：宋　娜
责任编辑：孙　烨　　　　　　　责任校对：侯　娜
责任印制：邓辉明　　　　　　　封面设计：邓小林
出版发行：文化发展出版社（北京市翠微路2号 邮编：100036）
网　　址：www.wenhuafazhan.com
经　　销：全国新华书店
印　　刷：唐山楠萍印务有限公司

开　　本：710mm×1000mm　1/16
印　　张：16.5
字　　数：195千字
版　　次：2023年11月第1版
印　　次：2023年11月第1次印刷

定　　价：69.80元
ＩＳＢＮ：978-7-5142-4014-6

◆ 如有印装质量问题，电话联系：13121110935

目 录

第一辑　亲情日常	001
母亲的味道	002
遗憾	004
四叔的田野	006
"忙"出来的幸福	008
张阿姨的QQ空间	010
窗口	012
两斤油条	014
通讯录里的亲人	016
戒手机	018
母亲的礼物	020
呼唤乳名	022
心安之处是故乡	023
你好，侯月明	025
母亲的炊帚	028
挂心事	030
母爱的半径	032
父亲的简介	034
打给父亲的最后一个电话	037
赶赴一场音乐会	039

第二辑　人间有味　　　　　　　　041

那些再见　　　　　　　　　　042

人生树下　　　　　　　　　　044

与来自远古的你对视　　　　　046

就这样淋一场大雨　　　　　　048

带着善意过生活　　　　　　　050

合欢树　　　　　　　　　　　052

人间有味是清欢　　　　　　　055

且行且止　　　　　　　　　　057

与白发的斗争　　　　　　　　060

请让我点赞　　　　　　　　　062

一个人的桃花源　　　　　　　064

努力生活的人　　　　　　　　066

那一年吃百家饭　　　　　　　068

老魏　　　　　　　　　　　　070

五十岁的浪漫　　　　　　　　072

最熟悉的陌生人　　　　　　　073

师生间的那份记忆　　　　　　075

对着一朵花微笑　　　　　　　077

轮岗　　　　　　　　　　　　079

换一种态度生活　　　　　　　081

如果人生可以作弊　　　　　　083

温暖会传递　　　　　　　　　085

我的教鞭去哪里了　　　　　　087

书橱里藏着旧时光　　　　　　089

历史是数学老师教的	091
似水流年念师恩	093
电梯口的报箱	096
春天落在肩膀上	098
别处有风景	100
如果被套会说话	101
消失了的母校	103

第三辑　悦评空间　　**105**

你触摸了我	106
母爱绵绵无绝期	109
草根的梦想也会开花	111
朝圣之路，修复之旅	113
一触生情，死生契阔	115
与自己和解，跟世界相爱	117
灵魂的摆渡人	119
爱的乍见之欢到久处不厌	121
把每一首音乐都当成终曲	123
绝境的隔壁是天堂	125
你不是余欢水	127
写给时光的情书	129
活成自己喜欢的样子	131
为你，千千万万遍	133
把爱种在孩子心里	135
勇气是一种信仰	137

第四辑　智者人生　139

给失败建一所博物馆　140
带来希望的"死神"　142
练习"剥葡萄皮"的医学专家　144
严纯华专业解释"校园恋"　145
热爱它，就去改变它　146
快递自己　148
老教授的公式证据　150
一首曲子修改 54 年　151
院士的坚持　152
为一句话打满分　153
特殊的重逢　154
不知道答案　156
爱的"A 套餐"　158
越界的恶作剧，绝非玩笑　160
医院里的钢琴声　162
不用送出的外卖　164
一个邮箱节省一亿美元　166
中国历史上第一位司机的悲剧人生　168
仰望星空的奇女子　170
狮子鱼的生存哲学　173
买来的麦当劳　175
查全性大胆谏言　177
你们说我"拼爹"，其实我在拼自己　179
被纪念的 14 秒失误　182

捐衣"成瘾"的快递小哥	184
凌晨三点的闹钟	187
空白的立功证书	188
苏叔阳的拒绝	189
蚂蚁森林多少克能量种一棵树	190
点读机女孩迎着流言飞	191
深夜里的爱心接力	193
费巩灯	195
尊重失败	197
三个月拍摄一个瞬间	198
梦想没有终点	199
另一种满分	201
特殊的捐赠	203
最柔情的碰瓷	204
面对失败	206
特立独行的费曼	208
2公斤月壤	210
背着国徽去开庭	211
零分的提醒	214
为枇杷正名	215
17年拍摄一次拍手	217
在集中营里观鸟	218
恢复原貌的地标建筑会说话	220
勿需让座	223

第五辑　心理氧吧　　　　　　　　225

修复　　　　　　　　　　　　226
那些不被父母看好的爱情　　　　228
看见是疗愈的开始　　　　　　　231
有一种伤害叫"过度期待"　　　　233
用抑郁渴望关注的女孩　　　　　236
大宝对二宝的战争　　　　　　　238
好父母，用心听　　　　　　　　240
迷失了的边界感　　　　　　　　242
爸爸，我终于学坏了，你不意外吧　245
全职妈妈陪出厌学娃　　　　　　248
男孩肚子疼，竟是心病作怪　　　250
调解产后抑郁，从家人的宽容理解开始　252
家暴：如果有来生，但愿不相逢　254

第一辑　亲情日常

母亲的味道

朋友最近住院了,每天按时打针。

可是,与其他病友不同,朋友的一日三餐从来不去医院的食堂买,每次都是他爱人来送。这天中午,他爱人又按点送饭了。打开饭盒,一股清香扑鼻而来,原来是鸡蛋炒的小菠菜,黄绿相间,煞是惹眼。打开保温桶,浓郁的小米粥香味在房间里弥漫,可是倒出来的粥却没见几粒米,黄澄澄的汁液,浓浓的亮亮的,一看就好喝。朋友的爱人又打开绒布,里面包着两个馒头,香气四溢。这时,邻床病友的爱人刚刚去买饭回来,一进门就喊出声:"怎么有妈妈的味道?"

病友说:"嫂子真贤惠,每天做的饭都那么香。"朋友的爱人说:"这不是我做的,是我妈做的。你媳妇猜得对,确实有妈妈的味道呢。"巧的是,病友的媳妇也买的馒头、小米粥,同样买了一份鸡蛋炒菠菜。摆在面前的桌上,菠菜颜色有些发黑,馒头皮没有光泽,尤其是那个小米粥,看起来清汤寡水,米在碗底沉着,汤水在上面漂着。

病友感慨地说:"一看,你的饭里就有爱啊。"朋友的爱人说:"从早上起床后,我妈就开始发面,还唠叨说,她儿子就喜欢吃她蒸的馒头。发完面,又忙活早饭,我送早饭回去,她还在厨房里忙活呢,择菜,洗菜。快90岁的人了,不服老。这个粥熬了1个小时,直到把米熬开了花,熬出了浓浓的汤汁才停火。"

病友说:"老兄好福气啊,还有90岁老母为你操劳,我已经20多年没有享受到母爱了。"说完,他一声叹息。朋友赶紧招呼爱人:"咱娘带的粥太多了,给老弟倒一碗,馒头我一个就够了,另一个也给老弟。"看着白白软软的馒头,病友拿在手里,捏了又捏,看馒头一次次弹起,声音竟有些哽咽:"谢谢老兄,我就不客气了。20多年了,这味道我都有些忘了。"

病友边吃边说:"记得当年母亲还在时,每年回家过年,走进胡同,就能闻出家的味道。晚上躺在床上,身下铺的,身上盖的,都松松软软的,带着浓浓的太阳味,我儿子都说那是奶奶味儿。其实我知道,为了准备我们回家过年,为了让我们睡得舒服,母亲总是提前晒很多次被子。"

大家都点头称是,都说记得这样的味道。病友的媳妇开口说:"妈妈的味道确实很特别。我当年爱美,总是喜欢穿白色衬衫,可是穿久了,领口、袖口就开始泛黄,怎么洗都洗不好。可是每次回家,我妈总是帮我洗,她用肥皂一遍遍地搓洗,每次洗得都跟新的一样。我穿在身上,闻着淡淡的肥皂味,就想起妈妈。"

母亲的味道还有很多,远道归来,母亲做的那一碗手擀面,会涤荡去一路的颠簸和疲惫。母亲从家乡捎来的腌咸菜,会极大地挑动你的味蕾,让你心安。母亲的味道也许各不相同,但又极其相似,因为当别人关注你飞得有多高时,母亲在乎的永远是你能否吃饱穿暖。所以我们每个人记忆中的母亲味道,几乎都化身在了每一件琐碎的小事里或者每一个小物件里,随时滋养着你,安顿着你。

遗憾

朋友的母亲去世了，享年 90 岁。说起母亲，朋友泪流满面。聚会时，我们都安慰她：这三个月你已经在床前尽孝，应该心安无憾。没想到朋友却说："我原来也以为在母亲身后不会留下遗憾了。但是，我现在每晚都会梦到母亲，这似乎成了我的心病，我知道自己还是有遗憾的。"

原来，母亲去世前一周，曾向朋友提出要求，希望去医院打针。朋友陪母亲看过医生后，医生并不建议给老人打针。没想到当时头脑清醒的母亲，回家一周后就走了。而母亲当时提的要求，却在母亲去世后，如一根刺扎在朋友的心上，成为她无法释怀的心结。她总觉得母亲还想活，不想走。她说，如果当时跟医生商量一下，哪怕给母亲打一瓶营养液，完成她的心愿，母亲也许会增加活着的力量，走得会更安心。

一旁听着朋友倾诉的张老师说："人生确实经常留下遗憾，最大的遗憾是我们已经无法弥补这个遗憾。"

张老师最大的遗憾是曾经对父亲说过的一句话。父亲年老时，有段时间跟着张老师生活，每次吃完饭，父亲总是坐在桌前剔牙。有一天，张老师实在忍不住了，就说了父亲一句："您怎么总剔牙？太影响我吃饭了！"从此，他再也没有见过父亲当着他的面剔牙。如今，父亲已经走了十几年，而自己也年过半百，牙口越来越不好，吃啥都塞牙。每次饭后剔牙，他就想起父亲，想起与父亲生活的那段时光。假如自己没有说过那句嫌弃父亲的话，那段日子就会如一道明媚的阳光，照亮张老师的心底，而想起来则会觉得心安、温暖。可惜，那已经成为他一生中最大的遗憾，每每想起他对父亲说的那句话，内心就像被刀扎一样，生疼生疼的。也正是这个遗憾，让张老师醒悟，人的悲欢真的并不相通。等他体谅父亲的苦恼时，内心留下的只有深深的自责。

听到这里，刚从大学毕业的小祝老师说："唉，我也有一件事觉得很内疚。当年读大学的时候，我报考了离家很远的东北师范大学。虽然知道东北的冬天很冷，但是我开学时只想轻装上阵，不想带着大大小小的行李箱。看着我妈帮我装好的四个行李箱，我一边抱怨，一边气呼呼地把衣服往外扔。我赌气般地对母亲说，'我就带这些。'最后，我妈摆在我面前的还有两个行李箱，我勉强接受了。到了学校后，我忙着参加各种社团，适应大学生活。直到天气转冷，我想找一件羽绒服穿，打开最大的行李箱，我一下子呆住了……"小祝老师哽咽着，说不下去了。

原来，这个箱子里装得满满当当的，整整齐齐地叠放着小祝老师的衣服。上面附有一张字条，一项一项详细地罗列着每一件衣服的位置，连内衣、袜子、感冒药都挤在箱子的角落里。小祝老师想象不出她妈妈是怎么做到的，她当时扔出来的衣服又神奇地一件件地出现在箱子里，字条最后是她妈妈的叮嘱：出门在外要学会照顾自己。那一刻，小祝老师承认，她"破防"了！小祝老师说，她当时蹲在箱子旁，看着那张字条哭了好久，却从来没有勇气跟妈妈说出自己当时的感受。但是从那时开始，她再也没有任性地顶撞妈妈，而是开始倾听妈妈的建议，免得给人生留下遗憾。

人的一生会有很多错过和失落，每个人都会有一些遗憾如影随形。正是这些遗憾，教会我们珍惜，教会我们如何做人，也教会我们如何长大。

四叔的田野

四叔一定是喜欢田野的。

他站在田间地头,放眼打量他种下的庄稼时,就像如饥似渴的学生翻阅着写满字迹的纸页。他就那么站着,像极了田野里的一棵树,寂然无语,却又好像在与田野对话。

在匆忙路过田野的旅人眼里,田野是照片里的样子。在急于奔赴城市的人眼里,田野是荒凉的样子。但那都不是四叔眼里田野的样子。田野在四叔眼里,是另一种样子,那里不光有他种下的庄稼,还有他一辈子的人生。

四叔用了几十年的时间与田野厮磨。如今86岁的他,仍然会骑着三轮车,时不时地去田野转转。如同一个任性的孩子,回到他期盼的烟火人间。春天,他走近满坡的小麦,在它们旁边挖几棵钻出土的苦菜。夏天,他走近漫天遍野的金黄,也看看那几棵桑葚树,摘几把紫红的桑葚,回家分给刚放学的娃娃。他也会去田野里那些河边站站,与河里的鱼相遇,他心满意足地看着它们,那些鱼却漫不经心地瞅了他一眼,甩着尾巴游走了。秋天,他会去捡拾一把肥嘟嘟的野豆角或一个沉甸甸的向日葵。在那些被水淹过的地里,还站着一棵棵寂寞的玉米秸秆,他会在里面认领到几颗遗落的玉米。四叔从来不会对田野熟视无睹,只会为了田野义无反顾。

四叔的一生都没有离开过庄稼地。因为家庭贫困,他几岁的时候,就开始跟着爷爷去田野学做农活。那时,他还年少,田野里的兔子也年少，他们在田野里追逐、嬉闹。待到年长，他已经把家乡的田野走遍。春种，夏耘，秋收，冬藏，田野从来不让四叔寂寞。四叔接受着田野的恩泽，也承受着田野施与的痛楚。而每一次走向田野，四叔都是欣喜的，充满希望的，似乎那是他对田野的承诺。

在田野里，四叔是坦然的，自在的。用他的话说，看到田野里的庄稼就欢喜。每天清晨，四叔迎着晨曦走进田野。干活累了的时候，即使太阳很辣，他也能在田间地头一倒，枕着自己的胳膊，看着风吹着天上的云，变幻着不同的形状，他就哈哈笑了。农忙时节，四婶会把饭送到田间，四叔也不洗手，就那么往身上一擦，拿着干粮就开始狼吞虎咽。面对四婶的责备，四叔说，土有什么脏的，干粮不也是土里长出来的！夜间浇地，四叔是从来不让四婶和堂姐们去的，都是他顶着满天星斗，独自完成作业。潺潺的流水声，滋养着一棵棵庄稼，那种满足，只有他和月亮听得到，那时的月亮跟四叔一样年轻吧！

流水的时光，时光的流水。四叔不可避免地老了。可是他对田野的惦记一点没少。邻家有病人，需要滋补，问他哪条河里有鲫鱼，四叔会准确无误地说出河的名字。邻居拜托四叔，能不能给网几条，半天的工夫不到，四叔已经提着鱼送去。田野的滋养，让四叔既粗糙又豁达，邻居的请求，恰恰给了他奔赴田野的理由。我想四叔是喜欢去跟田野里那条河再一次相逢的。

因为只有在田野里，四叔离自己才是最近的。只有在田野里，他才不会慌张，他还能看到曾经的那个少年。如今，每次看到86岁的四叔骑着三轮车，或带着一把野菜，或带着几穗麦子从田野里回来，熟悉的人都用嗔怪的语气责备他，不让他再去。于是他在院子里种了几畦蔬菜，几垄玉米，每当看着它们，四叔便满眼放光，觉得又回到了属于他的田野。

"忙"出来的幸福

俗话说,"难过的日子,好过的年"。这句话现在说恰恰合适。关于年的忙碌,又一次尘埃落定。

记得读书时,每次放寒假回家,父母早已把各个房间的被褥晒得蓬蓬松松,洋溢着泥土和太阳的味道。父亲早已点上炉子,烘走屋里的寒气。那时的冬天似乎才是真正的冬天,屋檐下缀着长长的冰锥,父亲备的生鲜年货就挂在院子的南墙下,冻得结结实实。闲置的偏房里也已经有了一袋袋的爆米花、瓜子、花生、糖果,吸引着我们的视线。过了腊月二十三,母亲就开始炸鱼,炸虎头鸡,炸藕合。一盆盆摆放在闲置的西屋里,这些美味就那么静静地等在那里,等我们和客人年后享用。

记忆最深的是腊月二十九那天。做教师的父亲开始自备红纸,用刀裁好,研好墨,给乡邻写春联。我会帮父亲揭着纸,念着要写的字字句句。这件事父亲乐此不疲,乡邻们也总是喜滋滋地拿着自家的春联满意而去。那是一种其乐融融的记忆。

当年不知父母的忙碌,只知年的富足。如今人到中年,也开始了忙年。

过了腊月初八,89岁的婆婆就开始问,今天是初几啊?面对面的回答,她已经听不见,我们问她,她也多是答非所问。我们不得不承认,婆婆真的老了,我们似乎成了两个世界的人。

学校放假后,瞅着太阳好的时候,便开始几次三番地晒被,学着当年父母的样子,打扫卫生,为年做准备。婆婆脾气急,刚过腊月二十,就开始唠叨怎么还不炸年货，买糖了吗？我们一再告诉她都会炸好的，也买了五颜六色的糖果摆在她面前。可是说归说，婆婆好像有极高的热情忙年。虽然她已力不从心，内心却有最朴素的想法，不炸虎头鸡，不炸鱼怎么行，忽然进来个客人，啥都没得招待。她并不理解，物质极其富足的今天，现吃现做已经成为大家的生活方式，可多年延续下来的习惯已经在她内心根深蒂固。于是，腊月二十三那天，我把炸好的刀鱼、鲅鱼、虎头鸡，用盆装好，一一摆放在她面前，她才微笑着点头说，就是啊，这才像过年。

我抽空去商场，给老人买好过年的新衣服、新鞋子，拿回家，试穿。我看着婆婆眉开眼笑，说正好，得劲。我忽然就觉得，自己真的成了一个大人，而婆婆却像个孩子了。我还得给孩子买衣服，即使孩子不要。因为每次过年，婆婆会检查孩子的衣服是不是新的，似乎过年穿新衣才是真正的除旧迎新。陆陆续续的"忙"年行动，直到腊月三十的下午包完所有的水饺，年前的忙碌才宣告结束。

当年不懂得父母的忙碌，如今的忙年，让我知道，忙的是一份幸福，一份温暖，一份亲情。这样的忙碌和传承，足够美好。

张阿姨的 QQ 空间

张阿姨 76 岁了，退休医生，我的好友，一位满身正能量的老太太。张阿姨每天必干的事情就是更新 QQ 空间，很少中断，正是这样的一种坚持，我成了阿姨的粉丝。

张阿姨的空间很有生活气息，有时只是几句话，有时是自己出去旅游的照片和心得，有时是去老年大学画的画，有时就是生活流水账。你只要看过张阿姨的空间记录，心里就会莫名的温暖，莫名的心安，会让你产生很多画面感。

有一次，张阿姨的"说说"是这样写的：今天犯了大错，去菜市场忘了带手机。结果儿子打电话没人接听，打了 10 次之后，儿子打给了我弟弟，70 岁的弟弟专程跑来我家，结果也没敲开门，去邻居家也没问出结果，弟弟竟然找了开锁公司。我回来时，他坐在家里焦急地等着我。以后出门必须记得带手机！

因为互动的多，又在一个城市，所以我和张阿姨互留了联系方式，偶尔还会见个面。

张阿姨跟我说过每天更新 QQ 空间的目的，当年叔叔走得急，什么话都没有留下，张阿姨思念叔叔，只有几本影集可以看。张阿姨的儿子和媳妇都在国外工作，孙子也在国外上学。每个周六的晚上 9 点，是儿子定时打电话的时间。所以，张阿姨就盼着周六的到来，就盼着儿子的电话。

后来，老年大学教老年人用智能手机，张阿姨报名学习，学会了用

QQ、微信，还学会了使用QQ空间。她说，百年之后，儿子想她的时候就可以看看她的空间，知道她每天做了什么，知道她曾经生活得很充实。我问张阿姨："你儿子来过你的空间吗？"张阿姨说："没有。我只和我孙子是QQ好友。"

之后，我每次去张阿姨的空间，都会因为老人家的良苦用心而感叹，每一个妈妈的行为都有出处。

偶然机会，我见到了张阿姨回家探亲的儿子。我问："你去过张阿姨的QQ空间吗？"他很干脆地说，去过。这个回答让我意外。看到我的表情，他说："我妈不知道我是她好友，我偷偷用她手机加的。每天下班后我都要看看她的空间，知道她每天都在干什么。有一天没有看到她更新，以为出了什么事，打电话也没人接，担心得要命，让我舅舅过来看，才知道忘了带手机。"

我的眼睛湿润了。原来，空间已经成为他们母子联系的媒介，原来，他们母子一直在一起。

窗口

那天，我们几位老师外出听课，约好同乘一辆车。王老师一直是守时的人，那天却姗姗来迟，她一边走，一边还回头望。

问王老师原因，她说："本来按时出了门，结果下了楼才发现忘了拿包，于是返回家去拿。谁知打开门，却没看见 90 岁的母亲。满屋里找，才发现母亲在厨房，爬上整体橱柜的台面，正趴在窗户上往外看。"王老师又吃惊又好笑："您这上墙爬屋的在干啥？"母亲回过头，不好意思地说："怪不得没看见你出门，原来是又回来了。"

王老师有些感慨，以前出门后，从来没有再回头看看自家的窗户，也从来没有意识到那里会有一双眼睛望着自己。这次下楼后，她就慢慢地走，边走边回头，还不时招招手，虽然隔着纱窗，自己看不清母亲，但她知道，母亲一定看得见自己。

"孩子小的时候，爱人在外地工作，母亲来给我们看孩子。每次下班回家，她要不就刚好把饭菜摆上桌，要不就是正在舀汤。当时我还纳闷，母亲是怎么做到把时间计算得刚刚好的？"王老师说，"现在想想，母亲一定也是在窗口看着我走，看着我回的，可惜我今天才意识到。"

王老师的话让大家一阵感叹。李老师说，他的父母都八十多岁了，在老家住。他们给儿女们立下一个规矩，每周六晚上必须全家聚餐，风雨无阻，雷打不动。"有时我们也想偷懒休息一周，可想到两位老人每次都提前忙活着买菜、做饭，大家都不忍心不回。"有一次吃完饭后，李老师返城，母亲送他到楼梯口，千叮咛万嘱咐，他招手让母亲回去，直到他走下三楼，才听到母亲的关门声。转过楼后的草坪，李老师在楼前上车时，偶然抬头望向三楼，却发现母亲正把脸贴在阳台的玻璃上往下看。李老师一下子怔住了，慌忙朝上面招招手。"其实，他们就是想多看看儿女吧！"

这时，一直没说话的司机师傅忽然开口说："能享受到父母的爱，是一件多么幸福的事啊。"司机师傅摸着挂在车上的"出入平安"挂件，这是他母亲亲手串制的。师傅说，他家与母亲家隔着一条巷子，大门口是正对着的。以前无论他夜里多晚回家，母亲窗口的灯总是亮着的，等他把车开进院子，回头关大门时，母亲窗口的灯也就关了。他知道，那是母亲在等他回家。可是从去年秋天开始，那扇窗的灯光再也不会亮了，只有母亲做的吉祥物每天陪伴着他。

我静静地听着，心里想着，以后出门一定要回头看看家里的窗户。因为那扇窗的后面，有牵挂你的人。

两斤油条

那天，我偶遇了多年不见的好朋友。眼见快到中午了，于是我们相约一起吃饭、聊聊天。因为天气太热，我们点了凉拌黄瓜，又随便点了几个菜，就开启了聊天模式。

最先上来的菜是油条拌黄瓜。在这盘菜里，油条被炸得黄灿灿，一咬就脆生生的，跟黄瓜拌在一起，在炎热的夏季，极易勾起人的食欲。朋友看着油条，慢悠悠地说："现在的油条都成调味品了，孩子们也不太喜欢吃。在我们小的时候，它可是稀罕物。"

我们的童年在20世纪70年代，我们吃的还是粗粮，还经常填不饱肚子。朋友的父亲是村里的一名技术员，那时去村里帮人家修理机器不收工钱，但中午大队都会管饭。有一次，朋友的父亲去了邻村，与朋友家就隔着几条街。那天，朋友闲着没事干，就跑到邻村大队去找父亲。正值中午，大队里的人专门擀了白面饼招待她父亲。看到朋友去了，队里的人把一张饼塞到朋友手里，没等她父亲阻拦，朋友就把饼一卷，狼吞虎咽地吃着跑回了家。

午饭后，朋友的父亲回家，二话没说，抄起扫地的笤帚，朝着她的屁股就打下来了。她父亲边打边说："以后还敢去吗，谁让你要人家东西的？"朋友边哭边求饶，父亲仍然追着她打。最后，朋友哭得吐了，父亲才扔下笤帚，坐在小板凳上默默抽烟。

又过了一段时间，朋友的父亲从外村回来，竟然带回了两斤油条。当时七岁的朋友和小她一岁的弟弟眼巴巴地看着，父亲把油条放到饭桌上，对她俩说："洗洗手吃吧。"然后朋友的父亲坐在旁边，看着朋友和她弟弟一根根地把两斤油条都吃完了。朋友让她父亲一起吃油条，她父亲却说自己已经吃过了。朋友和她弟弟吃得一边打嗝，一边摸肚子。大概是怕撑着姐弟俩，父亲一手拉着一个，围着村子转了一圈。朋友说，路上自己明明看着父亲掉眼泪了，可是专心看父亲时，父亲又是在笑的。

　　长大后朋友才知道，那两斤油条，其实就是她父亲当天的午饭。朋友边说，边抹眼泪。

通讯录里的亲人

张老师在上课,他的电话留在了办公室。那电话连续响了三次,第四次又响起,大家纷纷说,会不会有什么急事?跟张老师对桌办公的小美女拿起手机,惊呼,哇,是领导的电话呢!大家说,快给张老师送去吧!

一会儿工夫,小美女冲进了办公室,你们快猜猜,打给张老师的是谁?看她一脸兴奋,大家都蒙了,不是领导吗?小美女再也憋不住,说,张老师一接通就喊:老婆,我上课,有啥吩咐?这下办公室炸开了锅,原来张老师的领导是他老婆啊!

正热闹呢,下课铃响了,张老师回来,办公室的气氛一下被点燃了。大家都围在张老师身边,觉得张老师好幽默。面对大家的好奇,张老师笑着说,不是怕丢了手机,亲人被讹吗?大家好奇地问,那您儿子叫啥呢?张老师说,叫白眼狼啊。大家哈哈大笑起来。

于是,一个同事提议,利用大课间,大家都来晒晒自己通讯录里的亲人昵称,权当休息一下。

刚刚的小美女先开口了:"我先说,我以为只有我们这些年轻人才会这样存昵称呢,没想到你们这些大叔大婶级的老师也都这样浪漫。我存的我爸是兵哥,我妈是云姐,都是他们名字的最后一个字,可是我妈总是伶牙俐齿,我爸却木讷嘴拙。所以我们家每次都是我爸的云淡风轻化解我妈的金刚怒目、兵荒马乱,哈哈。"小美女说完,大家才反应过来,都说你家这辈分有点乱,不过你爸你妈很幸福,怪不得你这么善解人意。

接下来是刚结婚不久的小邵老师，大家都充满期待地等他开口。他说："我存的我爸是邵老板，我妈是王律师，我奶奶家是饭店。"这下热闹起来，大家不光知道了邵老师的爸爸妈妈是干啥的，还明白了每个周五邵老师通知他媳妇去饭店的地点。大家等着邵老师说媳妇存的啥，他却怎么也不说了。忽然电话响了，拿起手机，邵老师脸都红了，旁边的小梅一瞅，原来是阿洋。邵老师的妻子姓杨名洋，一个阿洋，从第25个字母直奔首字母啊，大家纷纷称道。

最有趣的是刚分配一年的小于老师，她说："我直接不用汉字，我用表情包，我妈经常皱眉头，我用生气表情，我爸天天笑眯眯，我用微笑表情，上大学的弟弟眉毛眼睛离得近，我用睡觉表情。"大家都称赞说真有创意。

办公室里年龄最大的王老师开口说："我们家人的电话我直接不存，都记在心里呢，有事直拨，但是我的微信昵称叫'帅老头'，是我孙子给我取的。"大家都点头夸赞王老师在小孙子心中的地位太高了。

这是我们身边一个普普通通的课间，发生的普普通通的故事。每一个小小的通讯录里，都藏着对家人最深最浓的爱意。你的通讯录里，亲人的昵称是什么呢？是不是也藏得特别深，你却能一眼找得到呢？

戒手机

任何与"戒"有关的事都不容易。

这不,我们姊妹俩回家看望90岁的老母亲,刚停下车,二姐的手机就响了。她一边接听电话一边拿东西,都没来得及跟母亲打招呼。回到家,还没说几句话呢,我的手机,也很不合时宜地响了起来,是微信语音通话。

"看你们一个个忙的。"听着母亲略带抱怨的话,看着母亲失望的眼神,我简单跟朋友说了几句,就把电话收了。接着给二姐发了微信,咱俩都接电话,娘都不高兴了。要不咱俩把微信朋友圈关了,好好陪陪娘?二姐接完电话后,给我回了一个"OK"。

我们坐下,听母亲和她的老伙伴们高谈阔论。她们最大的92岁,最小的80岁,有几个耳朵已经不灵光,所以她们在一起说话是边比画边扯着嗓子喊,热闹得很。阳光透过门窗铺在屋里的地上,慵懒地昏昏欲睡,这一刻,忽然让你感觉到岁月的悠闲。

我们给娘晒上替换下的棉衣,把铺的毛毯洗上,然后把娘的床铺收拾干净。老人们走了之后,我们跟娘一起做饭,聊天,听娘说起以前的事情,说起跟父亲的相识,说起父亲在外地教书,她在家干活的经历。那一刻,感觉娘没有在变老,而是刚长大。

吃过午饭,我们决定带娘去家乡附近的景点转转。在那里,我们陪娘乘船,荡秋千,望着高高的摩天轮,我问娘:"你敢不敢去坐?"娘说:"敢。"我陪娘坐上摩天轮,座椅一路升高,当升到最高点时,开始慢慢下落。娘说："我还以为到了最高的地方就像倒豆子一样把我们倒下去呢！"我像个大人一样拉着娘的手，娘却高兴得像个孩子。从摩天轮下来后，我和二姐相视一笑，知道这次我们是真的做对了。

  放下了手机，才发现可以做的事情有那么多。从那天起，只要回家，我们就提前关掉朋友圈，保持手机的安静状态。戒掉手机很难，但是只要回家，还是请戒了手机吧。

母亲的礼物

今年中秋，大哥给母亲带回一盒月饼。中间是个大的，四周摆着四个小的。母亲打开盒子，切开一个小的，尝了尝，说很好吃。

没多大工夫，母亲就把剩余的一大三小四个月饼分完了。最大的那个送给了东邻大娘，三个小的也分给了邻居们。我们都笑话她，拿着一个月饼当礼物，多难为情啊。

母亲却有自己的一番道理："礼物不分多少。这个月饼很软，适合老人吃。东邻大娘90岁了，家里还有两个重孙，所以尝个大的。南邻你婶子就一个人在家，尝个小的就行。大家都尝尝，都高兴。"我们无奈地笑笑，只要母亲高兴，愿意怎么分就怎么分吧。

记得有一次，我们把在外地买的山栗子给母亲带回家。过了几天，母亲打电话来说："我把栗子都煮了，又糯又甜。左邻右舍一家一小碗，大家都说好吃。"语气里是满满的知足，连带着我也高兴起来。

在老家，住在一个巷子里的人似乎就是一个大家庭。有一次，我回去看望母亲，刚好碰上北邻大娘来我家玩。刚进屋，大娘就掏出一个干净的塑料袋，从里面拿出的竟是一个窝窝头。大娘说："我刚蒸的，你快尝尝。"母亲接过来，掰了一块给我，剩下的那一半她自己咬了一口，高兴地说："这可是好东西，好久没吃了。"她们互相之间没有客套，就那么自然地分享，透着一份浓浓的情谊。

每次回家，我们返城前，母亲就在屋里窸窸窣窣地忙活，开始"分赃"。街坊邻居送给我们的新鲜蔬菜，母亲自己在院里种的大葱、韭菜和扁豆等，都被她分成五份，装在不同的袋子里。大哥胃不好，吃了韭菜就难受，所以大哥的袋子里一定没有韭菜；大姐离家远，来的不那么勤快，所以她的袋子总是比其他人的大许多；二哥喜欢吃韭菜和苦菜，所以他的那袋里韭菜和苦菜就会多些；二姐不会蒸馒头，那么馒头最多的肯定是她的；我有咽炎，所以我的袋子里总有母亲为我炒的苦菜茶。

母亲把东西都分发完毕，各家把东西装到自己车里。母亲又把屋里重新检查了一遍，看看没有落下什么，便会露出欣慰的笑容，才会轻松地坐下来和我们聊天。我们就开始逗她："都分完了，屋里干干净净的，心里是不是很轻松了？"母亲就会开心地笑起来。

母亲的行为也深深影响到了我。每次从老家带回的瓜果蔬菜，我总是分给对门一些。时间长了，对门只要看到门口挂的蔬菜，就知道是我放那儿的。

每次想起母亲给邻居送礼物，给我们分礼物，我都会觉得特别温馨。因为这些礼物里都是母亲对邻里的惦记，对我们的爱。那是母亲最朴素的价值观。

呼唤乳名

中午 12 点，正是下班高峰。

一群下班的人，刚走到楼下，互相打着招呼。忽然从楼上传来两声急切地呼唤："大壮哎，大壮！"大家都齐刷刷地抬头望去，只见七层还是八层的后阳台玻璃窗口，探出一张满头白发的老人的脸。可是，我们都不知道大壮是谁。这时，听到身边的张大哥连声答应："听见了，听见了。啥事啊，娘？"上面回应："买几个馒头回来，家里没有馒头了。"一群人中，有张大哥的爱人王姐。王姐笑哈哈说："这次你出名了，大家都知道你的乳名了。我去买馒头，你先回家炒菜。"

于是，一群人说说笑笑地走进楼道。这时一位邻居说："真羡慕你啊张哥，还有人喊你乳名，我是再也没有这个福气了。"说着，这个邻居开始擦眼睛。我们都知道，去年，这位邻居的父母亲先后都生病去世了。

进了电梯，一位大姐说："唉，乳名是爹娘的专属称呼啊。记得我娘在世时，90多岁的人了，偏偏就爱看中央台和某地方台的新闻联播，不管是直播，重播，天天两个台换着看。我们知道，她在找我大哥。听到大哥的名字，看到大哥在电视上出现，我娘就对着电视叫大哥的乳名，一声声地叫，好像大哥真的能听到。"这位大姐有个哥哥，是某省的官员，多年在外工作，难得回家。而唤他乳名的老人也已经去世几年了。

没有了父母，也就很少有人再呼唤我们的乳名。龙应台说，父母是有"有效期"的。而为人子女有没有呢？夫妻之间有没有呢？所有的关系，从某个角度看，都是有有效期的。在有效期内，好好珍惜这份拥有，才会在错过之后不留遗憾。

心安之处是故乡

从千里之外一路奔波，终于回到了故乡。下了车，他走进熟悉又陌生的巷子。不知道谁家的狗慵懒地趴在水泥路上，首尾相枕，漠然地瞅着他走过。炊烟从巷子两边的小院里飘出来，记忆中家的味道就这样扑面而来，他快步向家走去。

最近，他忽然特别想念父母。有天晚上，他竟然梦到母亲老得连针都拿不动了，就那么走了。妻子把他摇醒，他仍满脸是泪。他早上赶紧打电话回家，听到父母在电话里抢着和他说话，他竟有种失而复得的感觉。

大学毕业后他就在西安留下了。当时年轻，不觉得远，相隔千里怎么了，有飞机有火车，想回家还不是轻而易举，何况家里有弟弟妹妹，也不缺他一个，所以他的留下，没有迟疑，没有牵绊。他恋爱，结婚，生子，打拼，升职。一晃二十多年过去了，他极少回家，每年只是在腊月二十九前赶回来，正月初二就回去了。飞得太高，地面就会变得陌生，走得太远，家乡也会变得疏离。他每次来去匆匆，以至于乡亲们都把他当成了异乡客，见面说着几句客套话。有一回，只见过几次面的小外甥竟喊他伯伯。

去年儿子参加了高考，也如他当年，儿子选择了离家更远的大学。送孩子去学校，看着孩子足底生风，渐行渐远，他怅然若失。那一刻，他忽然想到了自己的18岁，那时的自己，也只有对外面世界的憧憬和期待，哪懂父母的不舍与哀愁？一时他感觉心里很不是滋味，竟平添了几分乡愁。青春年少时离开家的愿望有多强烈，此时此刻想要回家的愿望

023

就有多急迫。

　　终于到了家门口。他跨进院门，站在院子里的父亲抬头看到他，满脸愕然地顿了顿，眨眨眼，忽然大声喊："孩儿他娘，老大回来了。"然后他就看到母亲小跑出屋，一脸的惊喜。

　　母亲准备做晚饭。他撒娇地跟母亲说："我想吃您做的手擀面。"母亲笑了，转身去了厨房，和面、擀面、切西红柿、生火、炒锅，热气腾腾的厨房里，母亲背对着他忙碌着。他就倚在门框上，一边看着母亲忙活，一边和父亲闲聊。那一刻，舟车劳顿的疲惫一扫而光，心里只有莫名的踏实和满足。

　　夜深了，他洗把脸，爬上父母亲的大炕，盖着母亲亲手缝的棉被。沉甸甸的被子散发着浓浓的家的味道，他深深吸了一口气，忽然很庆幸，那殷殷亲情都还在。

　　熄灯后，漆黑的夜伴随着父母的絮絮叨叨蔓延开来。母亲说，你好不容易回来一趟，明天中午邀请邻居们来家吃顿饭吧，上次你爹生病，还是邻居们帮忙送去的医院。他急切地问，我爹怎么了？什么时候的事？弟弟妹妹怎么没告诉我？母亲说，快半年了，现在都好了。你就权当跟邻居道个谢。

　　黑暗中，他再也抑制不住地泪流满面，内心充满了惭愧和内疚。每次打电话，父母都是说，家里很好，别惦记，你照顾好自己。他也一直以为家里真的很好，却从没想到父亲生病的那一刻，自己只是父母电话通讯录里的一个普通人，而父母永远跟他一样，彼此只报喜不报忧。他每次在电话里恳求父母去西安小住，父亲总是拒绝："我们都很好，你不用挂念。我们在家里，你们谁回来都能吃顿热饭。"

　　这一刻，身为游子之父的他，终于理解了父母总也不想离开家的理由。故乡不仅是父母耕耘的王国，而且是孩子牵挂的源头。因为只要他们在，无论孩子什么时候回家都有根儿，孩子永远都是父母眼中的少年。最重要的是，只要他们在，无论孩子在哪里奔波打拼，都会心安。

你好，侯月明

侯月明今年91岁。她勤劳朴实，大字不识几个，却有一个超级大脑，记忆力极强。侯月明一生最大的功劳就是养育了五个子女。四个已经退休，都做了爷爷奶奶。而我，是她最小的女儿。

91岁的侯月明记得每个子女的生日，我们都不意外，因为我们是她生的。每次生日前一天，侯月明总有电话打来，叮嘱我们吃长寿面。腊月的一天，正在忙忙碌碌阅卷的我接到侯月明的电话，提醒我第二天吃长寿面，我才恍然记起第二天是自己的生日。

侯月明记得每个孙子孙女的生日，我们也不意外，因为那是她一手带大的孩子。从大哥结婚生子后，侯月明开始辗转于家乡与县城。后来，大姐结婚了，她又辗转于家乡和潍坊。再后来，二哥结婚，她开始在家乡和安丘之间奔波。现在想起来，那时的侯月明是幸福的，也是孤独的，那是一种对陌生幸福的无法介入。直到今天，91岁的她仍然介意城里的厕所，每次冲水哗哗响，又浪费又影响他人休息。等她终于把孩子们送进幼儿园，父亲也退休了，他们可以安然地待在属于他们的小院，种花，种菜，每天随着太阳的东升西落，看小朵的白云飘过小院上空，把影子投在地上，悠闲地安度晚年，那是她和父亲真正的十年慢生活。

侯月明还记得七个重孙子孙女的生日，我们就觉得神奇了。我们都经常忘了自己的生日，她是怎么记得那么多生日的？我们姊妹五个经常惊叹她的记忆力，最后得到的结论就是，侯月明似乎就是为了我们而活的，一生都在为我们五个忙碌和奔波。

我经常会记起童年。在那漫长而悠远的岁月里，我不记得童话、糖果，我记得的是侯月明在家务和农活堆积的日子里，默默地拉着生活的纤。把五个孩子养大成人，是侯月明生命的全部。恢复高考的第一年，大姐考上了中专，第二年，大哥、二哥也一起考学走了。

父亲是一名普通教师，在那个物资匮乏的时代，父亲的工资低得可怜，侯月明便一年一年地为生活而奔劳，为我们姊妹五个和父亲赚取生命的条件，从家庭到田野，满心欢喜，没有一丝丝愁怨。有时，我会想，那些岁月，侯月明是怎么熬过来的。或许是这种含着爱的沉默影响着我们的思想，我们知道了有一种品德叫勤劳。

我们是侯月明的阳光，侯月明是围着我们转了一生的向日葵。在孩子和侯月明面前，我们不自觉地选择了让孩子幸福，在工作和侯月明面前，侯月明支持我们选择工作的充实。

前年冬天，感冒肆虐横行。侯月明也不可避免地感冒了，上吐下泻，发烧。可是她仍然坚持留在老家。我们回家看她，从来不强留我们的侯月明弱弱地说，今晚你们谁有空住下啊？我们兄妹五个忙不迭地说，我呀！我呀！我们都怕刹那间的迟疑会让她改变主意。每每想起她的这句话，我都不由自主地流泪。铁人般的侯月明，终是老了。

漆黑的夜里，我挨着她躺下，再次劝说她跟我们去城里生活。她却说："我还能自理，你们不用挂念。我会好好照顾自己，尽量活得有质量，不受罪。"拉着她的手，瘦骨嶙峋，听着她的话，不由心里泛酸，眼里落泪。她身体刚好一些，就开始撵我们回城，说各家都有各家的事。晚上，我们开车离开，寂寞的小巷里，站着寂寞的侯月明，直到车子拐出巷子，泪水再也止不住。

去年冬天，侯月明在滨州大姐家过冬，受疫情影响，各地提倡就地过年。大姐大姐夫开始动员她在滨州过年，侯月明纠结很久，因为在她91岁的人生中，还是第一次在闺女家过年。为此，侯月明还召开了两次视频会议，她通过视频征求大哥二哥的意见。最后决定，我们都要响应党的号召，各自在小家过年。拜年也通过视频的形式，来个云拜年。

新年伊始，我想对侯月明说："你好，侯月明！虽然你很普通，但是能成为您的女儿，是我今生的骄傲。"

母亲的炊帚

周末，回家看望母亲。吃过午饭，我们在外面喝水聊天，母亲又在厨房窸窸窣窣地忙碌。我们知道，母亲的"分赃"行动又开始了。

果然，母亲抱出来五捆刚刚做好的炊帚，用细绳捆绑得结结实实，每个炊帚上都有母亲用细铁丝拧起来的柄环，方便钩挂。每捆六个，三长三短，五捆，共30个。母亲叮嘱说，长的刷汤锅，短的刷油锅，免得油水溅到身上，过几天就用沸水烫一下，去去油污。

刚开始，我们也是不服气的，都什么年代了，还用炊帚刷锅。用一次性的刷锅布，不是更方便快捷？可是母亲慢悠悠地说，用了就扔，得多浪费，哪有炊帚好用啊？厨房里没有炊帚哪像过日子的？

于是，炊帚，大锅，母亲，连成了一幅画面，如同海啸般猝不及防地把我浸没。小时候，每次吃完饭，母亲总是弯着腰站在大锅旁边，刷碗，洗碟，然后用炊帚仔细地刷锅。炊帚在她手里上下翻飞，刷锅水也由开始的浑浊变得越来越清澈，而那口黑亮的大锅也渐渐露出锃亮的底色。有时，我会帮母亲把她刷好的碗、碟、筷子小心地搬到老旧的橱柜里，回到锅台边看到母亲手里翻飞的炊帚，锅里跳跃的水花，会央求母亲替她刷锅。跃跃欲试的结果，是刷锅水会溅我一身，母亲便慢声细语地告诉我如何压住炊帚，不会把水溅到锅外。洗刷完毕，母亲把锅盖好，把炊帚摆放在旁边，擦干净锅台才离开。

人到中年，回想起母亲的烟火厨房，炊帚情结，竟不是当年的贫困与饥饿，而是母亲的柔软与坚韧。在热气腾腾的厨房里，经历烟火的淬炼，一个爱人，一群孩子，升起火来过日子，世俗中透着温暖，那是母亲给我的家的记忆，更是一种热气腾腾的生活态度。二十世纪七十年代，每顿饭吃的还是地瓜面、玉米面掺杂的窝窝头，可是母亲每顿饭都会切一盘极细的咸菜丝，整整齐齐地摆放在桌上，我们姊妹五个就会抢着夹到窝窝头里，吃得津津有味。

有人说，厨房是婚姻的道场。一茶一饭，一粥一菜，一缕炊烟，一屋热气，一地葱皮，一挂炊帚，都是爱的底色。在每一个波澜不惊的寻常日子里，穿着围裙，开着油烟机，煎炸熬炖，然后看着身边的亲人狼吞虎咽，便是尘世里最欢喜的样子。

于是，我们不再反驳母亲，而是乐呵呵地收下母亲分给我们的炊帚，带回家，挂在洗菜盆边，每天看它在饭后快乐地翻飞。兜兜转转，一念之间，感觉自己长成了母亲的样子……

挂心事

老李最近忙得焦头烂额，心情也跌入低谷。父亲就那么一头倒下，再也没起来，连句话都没留下。想起来，老李的心还是生疼生疼的，辛劳一生的父亲，就那么走了，还不到 80 岁。

80 岁的母亲，也变得无精打采，本就瘦弱的身子也更弯了。自从父亲走后，母亲每顿饭都吃得很少，这样下去可不行。最可怕的是，每次老李劝母亲多吃点饭时，母亲都说："吃不吃都一样。"老李听了很难受，却不知道怎么劝母亲。

这天，眼瞅着母亲又没吃多少东西，老李急得唉声叹气。媳妇悄悄把他拉到一边，嘀嘀咕咕了一阵，老李的眉头展开了。当天，老李的媳妇就告诉婆婆说："娘啊，你孙女怀孕了，让我去给她做饭，我去待个把月就回来了。"

第二天是村里大集。老李去赶集了，买了很多菜回来。他对母亲说："娘啊，中午就我们娘俩了。你帮我摘摘菜，我一会儿做饭炒菜。"母亲听到后，颤巍巍地来到厨房，一样样拿出老李买的菜。老李就听母亲在厨房唠叨："孩儿啊，你这是买的啥菜啊，老的老，烂的烂，一点儿也不新鲜，你都这么大了，怎么连菜也不会挑啊？"

中午，老李热了馒头，炒了两根丝瓜，炒了一盘芹菜。坐在餐桌边，母亲看着老李炒的菜，不住地摇头："孩儿啊，你这是怎么炒的芹菜啊？烂乎乎的，加水了吗？"老李连忙点头："加了加了。"母亲说："炒芹菜，就吃个脆生啊，得用大火急火炒，不能加水炒啊。你炒的丝瓜，也没有刮去棱吗？"老李连忙答应："没啊。"母亲摇摇头："唉，你说你啥也不会干，让我怎么放心啊。我这本来想跟着你爹一块走，看看你这样，我还得使劲活啊。"

听了母亲的话，老李心里偷着乐了，可是老李却说："娘啊，那下午我拉你去超市，你教我买菜啊？"母亲答应："中。你好好学学怎么挑菜，晚上我就教你炒菜。"

午饭后，老李偷偷给媳妇打了个电话："媳妇，你这一招真是高啊。"媳妇在电话那端笑着说："也不看看我是谁，告诉你啊，学得慢一点，懂不懂？"

老李连忙答应："懂了懂了。"

母爱的半径

早上一进办公室,就听到热闹的喧哗声,原来是小周提着一把大伞来上班,引来大家的围观。大家纷纷调侃,这艳阳高照的,你咋打把伞来。小周说:"早上四点半我妈就给我打电话说,我们这里有暴雨加冰雹,让我记得带伞。"大家纷纷笑起来。没想到,下午刚上班,倾盆大雨真的夹着冰雹来了。

小周说,她小时候生过一场大病,她妈天天担心她的身体,在学习上对她要求也很松。大概只要她活着,她妈就很知足吧。17岁那年,小周正值青春期,逆反心强,忽然就上够了学。她爸妈怎么说都改变不了她退学的决心,只能由着她。小周去商场打工,卖酒水,干了一个星期,很累。但是每次回家,她妈问起来,她都说,很轻松,别担心。那时候,她已经懂得报喜不报忧。

有一天,小周从仓库拉了一拖车的酒水,正在一箱一箱地搬下,摆放整齐。主管走过来,拉住她说:"小周,你看看那边是不是你爸妈?"她猛一回头,却见她爸爸拉着她妈妈刚刚转身,她妈妈的肩膀一耸一耸的,在哭。主管一边跟她搬箱子,一边说:"你妈看到你在搬酒,就着急地跟你爸说,快来帮你搬。你爸说,我们说好只来看看的,走吧走吧。你妈放声就哭了,说孩子怎么搬得动。小周,你年龄还小,还是回去读书吧!别再让你妈担心了。"又过了一周,小周辞职回家,跟她妈说,她要继续上学。

小周说,商场那件事,她就当从来不知道,她爸妈也从来没提过。

那天，她忽然明白了一个道理，自己可以不优秀，但是不能再让妈妈难过。

上幼儿园时，每位妈妈都笑着跟孩子告别，孩子哭了，妈妈一天的牵挂开始了。上大学时，孩子笑着跟妈妈告别，妈妈哭得泪如雨下，妈妈一生的牵挂开始了。任何母爱，都没有红灯，只有一路绿灯为孩子闪亮。

每一份母爱，都以母亲为圆心，以她和孩子之间的距离为半径，义无反顾地跋山涉水，越过如织的人群，一路欢歌，落在她的孩子身上……

父亲的简介

下班后，看到大哥发到我们姊妹五人的微信群里一份文件。仔细一看，竟是父亲的一份简介，读完我眼眶一热。在父亲离开我们22年后，我看到了别人眼中的父亲。一遍遍阅读这份简介，一遍遍审视父亲的前世与今生，不知不觉中，记忆让我泪流成河。

在这份简介里，我看到一个陌生的父亲。剥离掉了儿子、丈夫、父亲的角色，完全是父亲独立的生命。简介里写道："他是中华人民共和国成立后，本乡为数不多的较早接受新式教育，并从事新式教育教学工作的青年，是1949年后我村的公办教师之一。他一生的足迹遍布家乡的各个村庄，干过多所学校的校长，本乡子弟受他启蒙教育者甚众。"

曾经，我以为自己是了解父亲的。

父亲很有仪式感。作为父亲最小的女儿，从我记事起，就知道家里的不成文规矩，全家一起吃饭，一定都围在桌子周围，母亲舀的第一碗粥，一定要先端给奶奶，然后是父亲，母亲，我的总是最后一碗。吃饭时不能发出吧嗒声，一家人会边吃边聊一天里发生的事情。现在想起来，那时一家人围在一起吃饭真的是一件幸福的事。

夏天晚饭后，一家人偶尔会围在一起吃西瓜。我们坐在一边，看父亲用刀切下瓜蒂，然后拿起切下的薄薄的西瓜皮仔细地擦刀，把西瓜一切两半，再把一半切开，切成不厚不薄的几块。我们都在周围看着，看着父亲切好的西瓜整整齐齐地摆在桌子上，等父亲全部切完，然后挑一块籽最少的，先递给奶奶，然后才开始分给我们。如果幸福是有样子的，童年时吃父亲切的西瓜就是我浓浓的幸福。

记得一年级课本发下来时，父亲找来报纸，拿出小刀，很认真地教我包书皮，每包完一本，还要用石板压一下，让它们更平整。所有书包好后，父亲用毛笔认认真真地在书皮上写上科目、姓名。每写完一本，我都双手小心翼翼地捧到另一边晾晒干了，然后摞成一摞，很仔细地装到书包里，觉得那一刻真的很庄重。那份记忆至今深深烙在脑海，包书皮成了我一段新生活的开始，对学校充满了憧憬和渴望。

父亲始终坚信，知识改变命运。父亲有五个子女，在那物资匮乏的时代，父亲的工资低得可怜，母亲不怨不艾，默默承受着一切的艰辛和苦难，为我们兄妹五人赚取生命的条件。即便如此，父亲仍然坚持让五个孩子读书。恢复高考的第一年，大姐考上了中专，第二年，大哥二哥一起考学走了。两年考走了三个孩子，父亲的名字因此而轰动了家乡。

父亲随和、开朗、乐观，他始终相信，日子会越来越好。三个孩子在外读书，还有两个读小学，日子难免过得捉襟见肘，可是父亲脸上却始终挂着微笑，他平时在离家较远的村庄教学，只有周六晚上才能回家。盼着父亲回家，那是我们最幸福的时刻吧，自行车的铃铛声从巷子里传来，车把上挂着黑色的皮包，父亲微笑着从车子上下来。先是我坐在父亲的膝盖上，听父亲念着哥哥姐姐的来信。后来，变成我念信给他们听，每当这时，父亲总是微笑着说："等你大学毕业，我们家就好了。"父亲的微笑让我相信，读大学只是长到某个年龄的必经阶段，让我有一种憧憬中美丽的等待。

所以当年我考入师范，最高兴的大概就是父亲了。五个孩子中，只有我从事了教育，他似乎觉得自己的事业有了传承。在师范的三年，父亲对我的学业很看重，他一直教育我多读书，要打好基础，要教给孩子一杯水，自己必须拥有一桶水。

有一年教师节，我坐在台下听乡委书记作报告，忽然听到了父亲的名字，原来父亲曾经是乡委书记的启蒙老师，对他的成长有很大影响，至今让他难忘。那是我长大后第一次从别人的口碑里认识父亲，感觉很激动。

父亲69岁那年，被查出肺癌晚期，仅仅半年，父亲就永远离开了我们。那次父亲住院，需要输血。大哥、二哥、二姐给父亲输血后，病床上的父亲忽然放声大哭。大姐是医生，告诉父亲，一个健康人抽那么点血，不会影响健康，完全不用担心。那是我第一次看到父亲哭，我那铁人般的父亲，那为我们付出一生的父亲啊。

我们从来没有说过，父亲，我们爱您，我们一直欠父亲一个表达。我曾经无数次想念父亲，想念父亲的微笑。却只能在每一个上坟的日子，对着另一个时空的父亲说出那句，父亲，我们很想您。如今，看着父亲的这份简介，看到曾经以我们为荣的父亲，又一次猝不及防地与我们尘世相逢……

打给父亲的最后一个电话

他安静地躺在病床上，皱着眉头，一声不吭。

半年的住院生活，病痛的折磨加上缺少阳光的抚慰，他看起来极其瘦弱。连续一个星期，因为腰疼，他都不能躺下睡觉，只能半坐半躺。看着妻子躺在旁边的床上，他羡慕得很，觉得能躺下睡觉真是一种奢侈。

今天，他终于可以躺下了，却还是睡不着。他太安静了，安静得不太正常。妻子握着他的手，轻轻问他，在想什么。他说在想自己的一生。

他只有50多岁，一生要强。就连自己的病情，他都不允许向外界透露风声。他不想被人同情，也不想让别人牵挂，更不想让父母担心。他在离家几千公里的医院静静地治疗着自己。

那是多么要强的时光啊。20多岁，大学毕业没几年，他就凭着自己的满腔热情和干劲，负责一个部门。从此，人生一路开挂，他有魄力，有思想，有拼劲，具备了一个干部应该有的素质。一年之中，他几乎把节假日都用在了工作上，所管理的部门也获奖无数，他的部下也一个个被提拔起来。如今的他，身居要职，正是乘风破浪的好时候。

没想到单位组织的一次体检，几乎判了他死刑。他对工作没有遗憾，对朋友也竭尽全力。他就那么没有任何征兆的，想起了自己的父母。有多久，他没有好好陪父母吃一顿饭了，又有多久，他没有坐下来跟父亲聊聊天了，甚至，他都记不起自己有多久没给父母打个电话了。

偶尔回家吃顿饭，看着父亲欲言又止的样子，他也是会难过的。有时父亲刚刚开了个头，一个电话打过来，他急匆匆就走了。父亲快80岁了，头发全白了，曾经的退休干部，如今也变得唠唠叨叨。每次见到他，父亲都提醒他，老家人来了要热情招待，不要收别人的东西。每次他都不耐烦地打断。他忽然意识到，自己从来没有好好听父亲把话说完。

临出远门前，他回父母那吃饭。母亲不时抬头看他，最后忍不住问他，最近是不是很累啊，看着你瘦了。其实，那时他已经经过了一个疗程的化疗，戴着假发。他赶紧打了个马虎眼，糊弄过去了。

吃完饭，他要走。母亲跟着他出门，他说，回去吧。母亲不听，一直看他走进电梯。电梯下行，他隐隐听到了母亲的叹息。转过了楼后的草坪，来到父母的楼前，他无意中看向六楼的那个窗口，却刚好看到窗前的母亲趴在阳台的玻璃上。可能没有想到他会回头，母亲赶紧朝他招手，似乎还在说着什么。

躺在病床上，他想起了母亲，想起了母亲的叹息，想起了六楼的那个窗口。他不知道，自己错过了多少母亲的张望，母亲的失望，那些母亲的目送他都没来得及回馈。

看着他眼角有泪，妻子轻声说，要不，给爸爸打个电话吧！在妻子的帮助下，他坐了起来，平复了自己的情绪，做了几次深呼吸。他拨了父亲的手机，父亲叫了他的名字。他尽量平静地问父亲吃饭了吗，家里都好不好。然后他就静静地听着父亲说话。父亲说，你妈在这，她要跟你说话。他只叫了一声妈，妻子把电话接过去，帮他拿着，他就闭着眼睛开始听妈妈的絮叨。妈妈问："你怎么这么久不回来吃饭？"他再也忍不住，用一只手捂着嘴，泪流满面。

电话的最后，他跟父亲说，自己最近没在家，身体出了点问题，在很远的城市治病。以前没有好好陪伴他们，等治好病，让爸爸来接他回家，他会好好孝敬他们。长长的一段沉默后，父亲说："啥也别想了，好好治病，等着我去接你回家。"

放下电话，他大哭了一场。妻子握着他的手，轻轻说："别自责，爸妈都在家等着你呢，好好治疗，以后做个好儿子。"

两天后他走了。父亲履行自己的承诺，唤着他的名字，来接他回家。

赶赴一场音乐会

那天先生过生日。

快递小哥打电话,说有一个快递需要取。拆开,竟然是两张汪峰演唱会的门票,价格不菲,演唱会离我们小城接近一千公里。我正诧异是不是邮件错了时,接到了在外地读大学的儿子的电话,问:"我送给我爸的生日礼物怎么样?惊喜不惊喜?到时候我们一起去啊。"

我赶紧问最关心的问题,哪来那么多钱?儿子说:"勤工俭学挣的,跟我爸说,让他根据演唱会调整年假,到时候必须去。"挂了电话,我犯了愁。年过半百了,跑一千公里去看一场演唱会,想想都觉得不靠谱。

等先生下班回家,我把两张演唱会的门票摆在他面前,告诉他,这是儿子送给他的生日礼物。先生笑眯眯地说:"嗯,看来我们当年演得太逼真了,都以假乱真了。你看看,连儿子都相信我们喜欢汪峰了。"

说起当年,那真是被逼无奈啊。上了高中的儿子,忽然就大变了样。有时照镜子烦恼自己的头发为什么是卷的,洗脸也对着自己的青春痘唉声叹气。有时,他放学回家紧绷着脸,对我们的问话也是爱答不理的,或者干脆沉默。吃饭时就戴着耳机听歌,有一次我偶然听到他正播放汪峰的《怒放的生命》。我们知道,儿子是有些焦虑的。我和先生商量,我们也听听汪峰,看看能不能找到与儿子的共同话题。于是,每天中午放学前,我们家的播放器必定已经播放着汪峰的歌,儿子回来并不多说什么,却再也没有戴着耳机,而是跟着音乐摇头晃脑。

难道是我们演得太好了?儿子竟然误以为我们也喜欢汪峰?他肯定

039

不知道，他整个高中阶段读过的所有书，我几乎都挨着读了一遍。当时的想法很简单，看看他在看什么，猜猜他在想什么。从刘同的《谁的青春不迷茫》到李尚龙的《你没有退路，才有出路》，甚至《明朝那些事儿》，我都读过。从那些书里读到了青春的迷茫、困惑和突破，也读到了年轻人精神层面的温暖，只是曾经的那个少年并不知道。

后来，儿子去千里之外读大学，我们偶尔还会播放汪峰的歌，只是因为我们聊起了他的高中时代，想起了那时候他迷茫又孤独的样子。我们也会包小馄饨，只是因为想念他吃馄饨的样子。几年过去，他大学毕业后，开始读研，也离我们渐行渐远。他回来时，我们珍惜在一起的日子，他离家远行，我们就在不同的城市，各自好好生活，努力拼搏。他至今不知道，我们只是因为他才听的汪峰。他却把自己挣来的第一笔钱，买了三张演唱会的票，他偷偷地准备着这份特殊的生日礼物，距离他的高中时代已经过去了六年。

有一种喜欢是，儿子觉得你喜欢。于是，我和先生决定，成全儿子的这份心意。提前规划好工作日程，争取在那一天，飞越一千公里，去赶赴那场汪峰的演唱会，我们会在现场跟着汪峰大声喊叫，继续做出追星的样子。

第二辑　人间有味

那些再见

逛商场偶遇好友，她孩子今年高考，被东北的一所大学录取，她正在为孩子准备行囊。说着说着，满脸笑意的她已泪流满面。她说，前一阵子，她天天担心填报志愿出问题，等查到了录取信息，却又开始担心别离。她说她知道孩子必须远走他乡才能追逐梦想，但控制不了自己。真的啊，每一个孩子经历那么多的考试，就是为了离开家。现在整装待发的孩子，也许要很多年之后，才能完成梦想与家乡的和解。

有时不是孩子依恋父母，而是父母更依恋孩子。那天参加一场婚宴，一身西装的父亲把女孩的手递到女婿手里的瞬间，一米八的硬汉，竟泪雨滂沱。他甩一把泪水快速转身，把他的不舍、他的牵绊、他的祝福、他的担忧全都化作了沉默。是啊，即使亲家条件优渥，女婿英俊潇洒，那也阻隔不了一位父亲对女儿的不舍啊，疼爱了20多年，如今成了别人的妻子，成了别人家的儿媳妇。他们会像自己那样宠溺她吗？

人生总有那么几次再见，会让你泪流满面，而每一次取舍都显得艰难。我们生儿育女的时候，父母会为了我们离开他们耕耘的王国，来到他们倍感孤独的城市帮我们带孩子。孩子长大了，我们因为工作，仍然不能经常回家陪伴年老的父母。每次傍晚离别，夕阳在天，人影在地，看着父母苍老的容颜和花白的头发，忽然就有了马致远词里的那种凄凉……

那些难以割舍的再见，每个人都会遇见。无论多少次抱怨单位的制度不够合理，自己的工作多么劳累，但退休的那一天，当你带上办公室门的一刹那，你的心却有了撕裂般的不舍。以后你再也不能随时打开这扇门，你知道，这里成了你工作履历的最后一站。不觉你已泪眼蒙眬。

各种再见中，有一种没有忧伤，只有满满的喜悦，那就是小孩子的再见。抱在怀里的小宝，听到一声召唤，便会挥舞着双手，两眼发光地向你摆手再见，那种幸福招手的样子，任何人看了都会满心欢喜。傍晚，幼儿园的放学时刻，花枝招展的孩子们蹦蹦跳跳地跑出来，牵着自己的父母或爷爷奶奶的手，呼朋引伴，叫着对方的名字，说着再见四散而去，再见之声漫天飞扬，那种单纯的快乐，是真的等待再见的样子。

生命中的再见，有很多种样子，只是每一次再见后，都需要你努力成为更好的自己，这才是再见最好的意义。

人生树下

　　大约两周前，我收到了一本家乡的族谱。看到那幅谱系图的瞬间，我似乎看到一棵枝繁叶茂的老树，经过世代的繁衍，开枝散叶。与族谱关联的每个人，都似一片叶子，缀在属于自己的分枝上。

　　这一枚一枚的叶子，在时光的四季里舒展，呼吸，更迭。他们跨越几百年，很多素不相识，未曾谋面，只因带着同一根系的温度，在这棵活了很久很久的树上伫立……

　　每翻动一页纸，我就像翻越了历史的门槛，越过了无数的沧海桑田。我看到最先的那群人从明朝走来，他们走过遥远的路，淋过时光的雨，看过历史天空的风云。他们舟车劳顿，走到那棵老槐树下，认真地打量，仔细地观察，忽然就确定了眼神。他们是我的祖先，驻留在了我的家乡。

　　这就是记忆中的老槐树吗？原来它已经活了那么久。可是记忆中，自己曾风驰电掣地穿过很长很长的巷子，跑过很远很远的街面，只为到老槐树下嬉戏。难道那是梦中的记忆？或是从父辈、祖辈那里听来的故事？寻得谱书里的答案，我两岁多的时候老槐树已被拔除，它最终也没有等到我长大，忽然就有了一份伤感。转念，它已经伴随和护佑我们家族六百多年，它累了，它就遁形了吧。

　　一群人披荆斩棘，筚路蓝缕，在老槐树周边日出而作，日落而息，放牧着牛羊，播种着五谷，升起袅袅炊烟。户数越来越多，他们开始往老槐树四周发展。于是，我看见了伏龙河、益寿河、巨淀湖、藕湾，也看到了有些至今还在，口口相传，却从来没写过的名字：东圩子、西圩子、东股道、西股道。我惊喜之余，满怀愧疚，因自己对家乡的无知。

我看到一代又一代人，带着确凿的家风信仰，走到今天的繁华盛世，书写着自己的故事与传奇，实践着对未来繁荣的承诺。那是悬壶济世的陈世财，是为民顶案的陈安道，也是壮汉陈振太。

旌旗猎猎，战鼓声声。只是一声召唤，他们就从小村的阡陌走向了大江南北，关内关外。他们是"陈氏三杰"陈少卿、陈增光、陈纪明，是陈氏子弟组成的"陈家连"，是临危受命的陈磊，是峥嵘岁月的"一门五英"，是智救八路军干部的老太太，更是那些牺牲了的革命烈士。他们怀着对这片土地的深情，怀着悲壮的信仰，走出家乡，走向远方。

看到父亲名字的瞬间，我热了眼眶。我看到了一个完全陌生的父亲。剥离掉了儿子、丈夫、父亲的角色，他完全是一个独立的生命。他跟若干青年一起，穿梭在家乡附近的各个村落，进行启蒙教育。在父亲离开我们23年后，我看到了别人眼中的父亲。一遍遍阅读这份简介，看曾经以我们为荣的父亲，看他的前世与今生。不知不觉中，记忆让我泪流成河。

此时无声，却人来人往。他们都曾来过这个村子，又像一片叶子，被一阵风，吹往更远的天际，飞越千里万里。他们在天南，在地北，见过更多的风景，长了更多的见识，却始终热爱祖辈赖以生存的这方热土，这是世间最温暖的事，也是他们扎根心底的乡愁。现在，他们就那么猝不及防地与我相逢，重新聚在一起，回到了原来居住的街道，同生于一棵大树之下。

跟自己敬佩的师友说起这种神奇的感受，他语重心长地说："这也许就是族谱的意义，让我们记得自己的来处。因为它不仅是历史的忠实记录，也是现实的绝好镜鉴，更是对后代的有力鞭策和激励。"对于家乡来说，每一个游子都是一片叶子，无论你留与不留，走与不走，家乡这棵老树，总在等你。

与来自远古的你对视

周末，朋友发来一张图片，原来是上口镇的电影院改成了展览馆，于是我决定去看看。

2015年，我到上口一中支教，电影院便是我乘坐公交的终点站。我偶尔会扫一眼这座建于20世纪70年代的建筑，似乎能够感觉到它的寂寞，更多的却是熟视无睹。如今它已融合了更多的现代元素，以更时尚的姿态，重新焕发了蓬勃生机。

相逢而不语。我看着它，它也在看着我，那一年的风雨无阻，像电影片段扑面而来。果戈理说：当歌曲和传说都缄默，只有建筑在说话。原来建筑真的是有记忆的。

一楼，是窗帘文化展览馆，是当地的特色产业。窗帘的发展史，从古到今，由简到繁，让人在远古与现代中碰撞。

真正让我动容的是二楼的乡村记忆馆。那些老物件，整齐又纷繁，杂乱而有序，就那样古朴而沧桑，端庄又隽永地注视着你。忽然，你感觉到了自己的年轻和渺小，就那样静静地站在它们面前，不言不语，却分明听到了一个个娓娓道来的故事。

那个有些臃肿的风箱，会在一个怎样的烟火厨房，呼嗒呼嗒地拉响？那些厚重的粗瓷大碗，热气腾腾中，又会盛满怎样的粥饭？那个忙碌的妇人，又怎样经营着一个爱人、一群孩子的尘世生活？三抽桌、老椅子、旧收音机，坐在老椅子上的会不会是个老者？他严肃又不乏温和地看着一个孩子，在不厌其烦地调试那个"小喇叭开始广播了"。石磨，耕犁，是不是还残存着先辈们的体温和汗渍？那顶红色花轿，又抬过多少美丽的少女，忸忸怩怩，羞羞答答，既有几分憧憬又有几分忐忑。

我遇到一位热心的阿姨，对切地瓜刀，织布机，做了详细介绍和演示。阿姨的抚摸，让这两个老物件感受到了温暖，似乎心有灵犀地活了过来，回到曾经激情燃烧的岁月，它们转动着，既不遥远，也不再陌生。阿姨注视着它们，不停地感慨旧时的辛苦，今日的幸福。

在一个角落里，摆放着几盏油灯。油灯，曾经伴随我的童年和少年。一灯如豆，为啥记忆中的油灯却那么亮？当年的月亮那么圆，星星那么多？如今的夜晚，霓虹闪烁，街灯通宵达旦地亮着，我们却再也看不到满天的繁星，只有用窗帘去换回我们对夜晚的感知。再次注视着这些灯盏，看它们的前世与今生。冥冥中，一个念头涌来，漫漫红尘，能够做一盏有点光亮的灯，也是不错的选择。家里的灯亮着，便有了期许和羁绊。外面的灯亮着，就会途遇温暖。心里的灯亮着，即使怅惘也会心怀希望。有了这样的念头，竟然觉得一切都妙趣横生了。

于是，我就这样不动声色的，悄悄地凝视着它们的过去、现在和未来。也让我们看清自己的来处，明晰自己的去处。这是不是馆主所赋予的一种仪式？

就这样淋一场大雨

　　夏天是有性格的。天气预报说，今天有阵雨。结果阵雨没来，却猝不及防地遭遇了一场瓢泼大雨，铺天盖地，让人窒息。

　　开车在路上，雨刷忙不迭地摆动，仍刷不尽玻璃上的雨水，两旁飞起比车还高的水花。汽车越过无数的红绿灯闪闪停停，终于蹭进学校的大门，雨也下的小了。我却被眼前的景象惊艳了。

　　一群小学生，挽着裤腿，欢欣地踩着雨花，在水里排队走着。忽然，有个小男孩回头偷偷看了老师一眼，然后跑出了队伍，去水深的地方踩了一圈。紧接着，队伍里又出来一个小男孩，一个小女孩，三人跑来跑去，开始嬉戏。忽然，女孩把手中的伞倒放在水里，于是，盛开了一朵粉色的伞花，飘来飘去。两朵，三朵，哈哈，队伍里又有几个孩子跃跃欲试了。一时间，伞花开得色彩纷呈。我干脆熄了火，做个老顽童，坐在有限的空间里，远远地看着孩子们与水嬉戏。终于，这些孩子在老师的嗔怪中，吐了吐舌头，收起了伞，嘻嘻哈哈地跑向了教室。

　　初中的孩子要潇洒得多，看起来一点没有受雨的影响。他们很少打伞，提着裤腿，三五一群，尽情地欢笑，跟雨声混在一起，如同欢快的节奏，敲在我的心头。没有课堂上的倦怠，就那么随意地走在雨中，不疾不徐，他们眉眼带笑，绽放着自己的欢喜。这时的孩子，才是他们青春该有的样子，无畏无惧，活力四射。这样的暴雨，如同孩子们的青春，即使被淋湿，也义无反顾。就这样淋一场大雨，会怎样呢？

　　于是，我挽起裤脚，踩在水里，感受水慢慢灌满鞋子，丝丝凉凉。

我蹚着水，慢慢向教学楼走去，看着草儿的舞蹈，花儿的震颤，树枝的招摇，孩子们的欣喜。

原来，就这样淋一场大雨，会有如此与众不同的感受。原来禁锢我们的从来不是天气、环境，而是我们自己。

比如，出门忘了带手机，那种焦虑，已经远远超越了出门忘带钥匙的恐惧。如果有一天，你真的选择关掉手机，却忽然发现，就在那一刻，世界安静了。一天下来，也没有什么让你焦虑担心的事情发生；比如，熬夜的年轻人，每天凌晨才在手机屏幕的亮光里合上眼睛。某一天，你选择了晚上十点入睡，第二天你会收获有别于以往的神清气爽；再如，习惯了每天拉窗帘的你，某天晚上选择不拉窗帘，却意外感受到霓虹的热情，月光的皎洁，还看到了点点繁星，也会妙不可言，似乎触到了世界的质地和颜色；你以为的吸烟、醉酒是人在江湖身不由己，结果你不再吸烟、酗酒，其实也没有失去那些朋友；久不读书的你，感觉与书疏离，当你重新走进图书馆翻开书，你会发现，心变得厚重和安静。书从来不曾冷落你，它仍然在看着你。世界也是。

适当地打破自己的禁锢，也就打破了某种局限，对自己的生命也有了新的领悟。像孩子那样淋一场不期而至的大雨，像孩子那样试着掌控自己。这样的事情，你要不要也试一试？

带着善意过生活

朋友雨兰是个普通的女子,干着普通的工作,过着普通的日子,但她又是温润的,心存善意的。

一起出去逛街,担心停车难,大家约好坐公交车。有老人上车,雨兰一定是第一个起来让座的人。每次有爱心筹款,她总是第一时间捐一份善款的人。有人说,那么重的病,即使捐了也未必治得好,还不如捐给更需要的人。她平静地说:"现在他就是最需要的人啊,如果他好了,我会觉得很高兴,即使他没好,我也觉得尽了一份心意。"她面容温和,会自然而然地触动你心中的一根弦,如微风拂过,忽然觉得这样世俗的日子好温暖。

周末,好友聚会,一帮女人一齐攻击她,你就一市井小女人,每次那么难约,忙啥呢?她答,周末会去做公益。我们好奇她做公益的目的,她说,做了心里快乐啊。她说了有次去看望村里80岁以上老人的事情,她说:"其实我们做的很少,得到的却很多。"一位老人90岁了,很健谈,村里每次有捐款活动总是积极参加。他15岁参军,参加过抗日战争,55岁转业,身上、脸上留下疤痕无数。他却说:"当年部队每月给我们一块钱,我们都不要,觉得用不了。连长告诉我们,今天打仗,就是为了我们的子孙后代以后吃好的,穿好的,连长当年说的,我们今天都实现了,你看我们今天的日子多好啊。"老人发自肺腑的知足,让我们觉得汗颜。有时我们会觉得,其实我们内心很贫瘠,很衰老,远没有90岁老人那样富有,蓬勃。她款语温言地说着,我们却觉得她像冬日夏云,温柔着我们的日子。

　　平时女人们凑在一起，经常会发发牢骚，说说家里先生的懒惰，婆婆的不讲卫生。雨兰就在一边，轻描淡写地听着，偶尔一句："也许不是她们不要干净，而是已经没有要干净的能力了呢！"她接着说，"我们单元楼里有一个阿姨，每天哄着自己的小外甥，女儿女婿都在外地的大学任教。有时，我们会帮阿姨抱抱孩子，听阿姨抱怨着腰酸背疼的话，也看到孩子偶尔会脏兮兮地跑来跑去。现在放假了，阿姨的女儿女婿都回来了，每天也都看到小宝宝干干净净的。其实，爱是充分的，只是有时会力不从心。"听她说完，大家真的轻松起来，雨兰在的地方，仿佛有光。

　　曾经偶然读到过一句话：当我们每个人，都能带着觉知和善意，正念地工作和生活，正念地善待他人，我们就在为这个世界的失衡做着微小却重要的努力，就在改变着世界。我想，雨兰正在这样做着，我们大家也都应该这样，带着善意过生活！

合欢树

　　那年他 10 岁。日头很毒,烤着大地,也烤着他。他低着头,踢着碎石子,慢吞吞地走着。快进校门时,他弯下腰,从鞋子里倒出了几粒石子,那是从前面的鞋洞里钻进去的。

　　蝉还在无休无止地叫,同学们都在桌子上、凳子上睡着了,校园里一个人也没有。他往那棵合欢树下望了望,没人。他想过去抱抱那棵合欢树,那是校园里最老的一棵树,树身上结了瘤子。那是他同桌于洋告诉他的。于洋从来不骗人。

　　于洋说,只要抱住那棵最古老的、结瘤最多的树,就会有奇妙的事情发生。他说,那是他从书里看到的,还试了,是真的。春天时,于洋想买一双白球鞋,可是不敢跟妈妈说,他就偷偷抱着那棵大树说了。没过多久,妈妈真就给他买了一双白球鞋。于洋还伸出脚给他看了,就是脚上的那双。对了,于洋的妈妈就在学校里当老师。

　　他慢慢靠近那棵合欢树,刚张开双臂,正对着合欢树的校长室的门吱扭一声开了。校长走出来,看到了他。他正伸着手臂,做着一种奇怪的动作。身上穿的那件背心,被汗湿过,紧紧缠在身上,已经看不出底色,上面还有一圈一圈的图案。他也看到了校长,校长眼里似乎有些困惑。他有些恐慌,低下了头。

　　校长先说话了,你在干什么?怎么没有午睡?他放下手,低着头,一声不吭。校长又问,你是哪个班的?他支支吾吾地说,三年级二班。校长说,以后不能迟到,按时到校午睡,别在校园里晃悠。现在在树下罚站10分钟，然后回教室睡觉。说完，校长慢慢走了，挨个教室去转悠了，那是校长每天中午必做的事。

　　他站在合欢树下，心底有些紧张，又有些高兴。他太想念爸爸妈妈了，他想抱着合欢树，告诉它。他不敢告诉爷爷奶奶，因为他们每天都在唉声叹气。他也不敢告诉别人，因为遇到街坊邻居，走得慢了，总能听到他们说的话。他们以为他不懂，他就假装不懂，低着头走过，身后总会传来叹息声。现在，一天四个来回，每次他要走过窄窄长长的巷子，总是用风驰电掣的速度。跑出巷子，他才放慢脚步。

　　他再次张开手臂，抱紧了合欢树。他激动地有些想哭，吸了吸鼻子。他甚至看清了树干上真的有好几个瘤子，于洋果然没有骗他。

　　他仰起头，看到了满树的合欢花，像丝绒球，像小扇子，粉粉淡淡的。一阵风吹过，一把把的小扇子就向他飘来，痒痒的。他看到妈妈轻轻扇着蒲扇，给他唱着那首皮猴子精的歌谣，妈妈应该还不知道，他都能倒背如流了，有时妈妈唱着唱着忘词了，他不是都能接得上嘛。他还看到爸爸扛着锄头回家，从上衣口袋里掏了掏，递给他一个香香的甜瓜……

　　他笑了，也醒了，却看到班主任和校长坐在自己面前，正轻声细语地说着什么。他睁着有些迷糊的眼睛，眨了眨，一骨碌爬起来，站到班主任面前。他怎么到了校长办公室里，还躺在校长的沙发上。班主任摸摸他的头，又给他擦了擦额头的灰，因为他确信自己身上凉丝丝的，根本就没有汗。

　　校长递给他一块西瓜，他不接，头垂得更低了。校长说，吃吧，咱们一起吃，吃完就去上课。班主任让他接了西瓜。他看到班主任也拿起一块西瓜，校长也拿了一块。他肯定是渴了，咬了第一口，真甜，几下他就吃完了西瓜，班主任让他回了教室。

　　他没有退学，学校减免了他的学费，校长送给他一本《钢铁是怎样炼成的》，还允许他坐在合欢树下读书。

那年，他15岁。以第一名的成绩考入师范学校。

今年，他35岁。站在那棵合欢树下，他成了这所学校的校长。

人间有味是清欢

世界上走得最快的从来都是时间，看着面前越来越薄的日历，想想走过的这一年，已是也无风雨也无晴的平静。

年初，在眼科医院，那个最大的"E"看起来都模糊不清，旁边的医生一声叹息。我才清醒地意识到，我的眼睛出了问题。

遵医嘱，按时服药、滴药、戒电子产品、定时复查。我再也不敢大意，甚至想象，如果有一天，我真的再也看不见任何东西的样子。闭上眼睛，我伸出双手，试着摸黑走路，我承认，我很难接受。同时，我也知道，年过半百的自己，身体的某些部分已经开始衰老，而我难以挽留，只能臣服。难过之余，我又觉得很庆幸，事情并没有我想象的那么糟糕。除了视物模糊不清，眼前似乎总有两个黑球滚来滚去，眼睛并无痛感，我还是可以正常工作、生活的。只不过我需要过减法人生。

于是，我关掉了朋友圈，除了必须关注的工作群，我几乎戒了手机。每天，为了安全，不骑车、不开车，步行上班。下班后，非必要不外出，世界都安静了好多。

我咨询医生，可不可以看纸质书。医生回复说，可以，但是隔一个小时滴一次眼药水。我瞬间觉得喜悦。有人说过，世间最有魅力的莫过于时间和文字，时间深邃难测，而有限的文字却可以描绘时间的真貌。

我拿起书本，与相隔千年的苏东坡相遇。我一点点地从他的世界走过，感受他的悲欢离合，感受他"日啖荔枝三百颗，不辞长作岭南人"的乐观，感受他"西北望，射天狼"的愿望，也深深敬仰他，虽一生浮沉，却从来没有失去自我。我与海明威的捕鱼老人圣地亚哥相逢，在碧波万顷的海上，他乘风破浪，那不光是他的生计，而且是他不向命运低头的抗争。凶狠的鲨鱼，恶劣的天气，都挡不住一颗闪光的心灵，向上，向好，愈挫愈勇，虽败犹荣。我走进陶勇的《故宫六百年》，看几个世纪间朝代的兴衰与更迭，看帝王的努力与挣扎。往事如烟，斯人已逝，只有故宫还在诉说着，我们的记忆从哪里开始，又走向何方。

这一年，我读了20多本书，也旁观了几十个人物的悲欢人生。相比于书中人物，我觉得自己幸运很多，尽管眼疾没有很大改观，但也没有影响我的正常工作生活。

书中说，去接受那些必须接受的，去改善那些可以改善的。因为眼疾，我体验到不同的人生况味，因为心静，灵魂和身体得以握手言和。人间有味是清欢，它不单单是美食，它还是苏东坡的"门前流水尚能西，休将白发唱黄鸡"的坦然，是嵇康追寻诗意人生，回归精神家园的魏晋风度。于我，这一年服药的苦日子，俨然变成了最好的日子。

且行且止

前几天，收到好久不见的发小的留言，"最近没事吧？"我有些莫名其妙，回复她，"没事啊，怎么了？"她回复，"你微信运动步数天天占领我封面，最近几天却没怎么走，所以问问你啊。"我发一个笑脸给她，"放心吧！我很好。"发小提醒我，每天步数要控制在两万步以内，走太多会伤膝盖。

收到一份纯粹得无法再纯粹的关心，温暖扑面而来。坚持走路运动，已经好几年了。几年前，单位与家之间，有一段路重修。开车需要绕行，多出好几里地，还拥堵不堪，每次恨不得变成一只鸟飞过去。如果步行，从路边就可以穿过，我可以悠然地沿着人行路，不紧不慢地走。

从此，我爱上了步行。不开车，远离了风驰电掣，眼睛也不再只盯着车前的路。我欣喜地看见了草地上悠然觅食的鸟儿，它们也远远地有些警惕地审视着我。我微笑着悄然走过，不打扰，但我们互为对方的风景。我看见了安静地开、沉寂地落的玉兰花，与它们擦肩而过，也看见了叫不出名字却宠辱不惊地开着的小野花，蓬蓬勃勃。我与热情似火的夏阳亲密接触，汗流浃背，也与万里蓝天窃窃私语；我与铺满地的金黄的银杏叶嬉戏，也与秋夜清冷的满月竞走；我与一望无际的冬天的辽阔拥抱，也与满世界的雪白狭路相逢……日子缓缓走过，心情也在行走中被风景疗愈。

有一次，我参加全民运动的徒步走活动。在动员大会上，参加动员演讲的领导说，美国心脏病学之父怀特曾称，行走是健康成年人应该坚持的规律性终生运动方式。各国的元首很多都是行走健将，罗斯福通过行走治好了哮喘，艾森豪威尔通过行走使心脏病得到痊愈，肯尼迪更是"行走狂"，每周能走80公里。邓小平多年坚持步行上班，还走出了一条"邓小平小道"。伟人的亲身实践，给了大家极大的鼓舞，一群人，一起走，近万人的队伍，徒步10公里，竟很少掉队的。

现在，越来越多的朋友开始步行，体会步行的好处。每天晚上，微信运动里，总有新发现，原来他（她）也在这里。我的朋友莲因为心脏不好，一直服药，坚持慢走三周后，神奇地停药了。年过半百的马姐姐，坚持走了半年后，去体检，三高指标都正常了，她说这是意外的收获。她不再满足于走路，开始跑步，几年下来，她竟然参加了马拉松，成了名副其实的励志姐。同办公室的一个妹妹，走路健康自己的同时，还在做公益。她每天捐步数，捐操场，在荒漠种树。几年下来，她已经种了十几棵梭梭树，参与建成了山区的好几处球场。

行走是一件美好的事。我们每个人不都在纷扰的红尘中行走吗？从呱呱坠地到迈开双脚，我们就开始在熙来攘往中，玩起追逐的游戏。像一只旋转不停的陀螺，忙碌，眩晕，甚至会窒息。有时候，在忙碌中偶尔抬头，看到办公室窗外那只暂停的白鸽，正与你隔窗相对。你和它对视的瞬间，你的心忽然就有了片刻的安宁；有时候，悠然走着的你，低头看到路边开着的小野花，虽然你不知道它的名字，它却不管不顾地兀自绽放着自己的生命，你的心灵忽然就得到了安顿。所以，我们与大自然的每一次交融，我们在路上的每一次行走，又何尝不是人生中的一次短暂的休憩，何尝不是激情奔走中的缓冲？生命很短暂，该奋斗的时候就竭尽全力去奋斗，该歇歇的时候就停下来，与自己在一起，与自然和平相处，这是不是人生的一种境界呢？

许慎曾在《说文解字》中说："行，从彳亍，彳，小步也。亍，步止也。"多么恰如其分的解释，行中有止，且行且止。许慎似乎也在提醒我们，时走时停，才是人生的最高境界。因为，你走或不走，风景就在原地等你。所以，放松心情，走走路。且行。且止。也许，这才是我们的人生。

与白发的斗争

  白发，自打一出生，就不受人待见。尤其是第一根白发，往往早夭，难以终老。

  我的第一根白发，在不到四十岁那年被儿子发现。那天，他的学校正举行一场讲座，我们拿着小板凳并排坐在学校的广场上。讲到高潮处，演讲者让孩子们站起来，父母们在对面坐着。在极具感染力的音乐中，孩子对父母深鞠躬，表达感恩。母子面对面的那一刻，儿子忽然流泪了，我正在感叹讲座的效果时，儿子说："妈，你竟然有白头发了。"

  白发的生命力是顽强的。只要长了第一根，就会有第二根，第三根……即使拔掉，也会很快长出来。越来越多的白发春笋般冒了出来，不由让人恐慌，因为白发往往预示着衰老啊。于是，与白发的斗争就开始了。

  斗争的方式可谓多种多样。开始的时候是让先生帮忙拔。每次洗了头，迎着阳光，我坐在沙发上，一根一根的白发躺在手心，我唏嘘："哎呀，怎么这么多了？真是老了啊！"后来，先生就不给拔了，理由是会破坏头发的毛囊。在我的坚持下，先生终于说："算了吧，拔不完啊。"

  有一天，好友和我煲电话粥，说她与白发的斗争。每次洗了头，她就站在穿衣镜前，把所有头发顺到眼前，然后一绺一绺地拨开，从头发的缝隙里寻找白发。一旦发现，就恶狠狠地拔掉，很多时候会把黑发一起拔下来，那个心疼就别提了。关键是，每次拔完，感觉眼睛都是斜的，需要适应一段时间，才能恢复正常。我们俩哈哈大笑后，好友说："确实老了，出门忘带钥匙，转身不知道拿啥。"原来，与白发的斗争，就是在抗拒衰老。

前几天，遇到一位老朋友，弄了个很时尚的发型。没想到老朋友却说："假发啊。头发全白了，去染发对身体不好，也嫌麻烦，所以就全剪了。"

相比女人，我一直认为男人与白发的斗争简单而粗暴。一旦白发变多，去理发馆染染，出来时就精神多了。直到办公室的李老师说了他与白发的斗争，才彻底颠覆了我的认知。那天李老师一头白发染得墨黑，大家才知道李老师的儿子找女朋友了，要来认亲。李老师说，开始的时候，他专门买了个镊子，用来拔白头发，后来头发越来越稀疏，连白发也舍不得拔了。他说："白发也是头发啊。"

一次，商场电梯上遇到一个特别年轻的小朋友，顶着一头灰白的头发。正觉得可惜诧异时，身边的朋友却说："这是今年最流行的奶奶灰。"看来，白发也不是一无是处。在我们看来是衰老，在孩子看来是时尚。

白居易在《览镜喜老》中说："生若不足恋，老亦何足悲。生若苟可恋，老即生多时。不老即须夭，不夭即须衰。"面对别人的叹息，白居易却对着镜中须发皆白的自己微笑着说："如果不留恋生，那老了也就不用悲伤。如果留恋生，老去恰恰是多生。想要不老就须夭折，而不夭折的结果必定是衰老啊。"

白居易的达观知足，好似已经超越了衰老。换用今天的话，"白发有啥可怕的，衰老有啥可怕的。今天就是余生最年轻的那一天啊。"如此想来，我们也跟白发和平相处吧！

请让我点赞

经常会收到点赞的邀请，所以便有了很多点赞之交。

那天，跟30年没见面的发小聚会后，每天早上7点便会收到她的微信留言，亲，帮我朋友圈第一条点赞好吗？找到，点赞，回复"OK"。每次，她都会用不同的表情表达自己的感谢。

她是我小学到初中的同学，后来随父母去了另一个城市，读书，工作，是一名护士。这样的点赞持续了一周后，我发现她晒的内容都是她做的早餐。出于好奇，我每次都细细地看她发的图片以及配的文字。有一天她做的口袋饼，自己打的豆浆，文字是"舌尖记得我们爱过"。有一次做的水饺，文字是"养身，养心，用温软的心，过温暖的日子。"还有一天，做的手擀面，文字是"吃货的这一刻，世界都在胃里。"又有一天，包的小馄饨，文字是"幸福其实很简单，我爱做，你爱吃就够了"。

从开始的被动点赞，到每天起床翻看她的朋友圈主动点赞，忽然觉得这样的生活好欣喜。虽然只是家常便饭，却满满的人间烟火味，诱惑着你去尝试。渐渐地，我也开始学着她的样子，用心做早餐，然后也拍个图，配个文字发给她。每次都会撞入她暖暖的拥抱表情包，还有鼓励的话。

两个月之后，她似乎连续好几天都没有发点赞的邀请了，也不再每天晒早餐。我给她留言，怎么不要求点赞了？她秒回："那次见面，你说自己胃不舒服，又不按时吃早饭，我想了想，提醒你未必管用，所以用早餐诱惑你好好关照自己的身体。事实证明，我做到了哦。我是不是还像小时候一样聪明？"后面她又发来一串拥抱，并配了文字，"友情拥抱10分钟"。我回，"你赢了，我哭了。"

那一刻，我感动得一塌糊涂。每天点赞无数，这样的点赞，却那么出其不意！亲，帮你点个赞，好吗？

一个人的桃花源

周末去好友家串门,看到一个架子上摆着几张五线谱,旁边放着一把吉他,以为是她孩子在学,却听她说是自己在学,我觉得很意外。在我心目中,在机关工作的她雷厉风行,典型的女强人形象,怎么也无法跟弹吉他的文艺女青年联系到一起。她淡淡地说,已经学了三年了。

坐下后,我说,我特别好奇你弹吉他的样子。她说,那我弹给你听啊。说着她取来吉他,坐在沙发上弹拨起来,背后阳光温暖,身前手指飞扬,舒缓的音色蔓延开来。

倏忽间,我看到了一个灵动的、自由的、柔软的女子,这时的她只与自己在一起。她说,自己很喜欢这样的时刻,让她忘了疲惫,停止追逐,安顿下来,舒展开来,也积攒一些能量。

于是,我想起了中国诗词大会,想起了那个梳着两条麻花辫的才女陈更,她是北京大学力学专业的博士生。作为理科生,陈更的大部分时间都是在实验室度过的,每天与各种枯燥繁杂的数据打交道,常常费时费力,仍得出一个失败的结果。她也会焦虑,会浮躁,焦虑到不知道自己该忙些什么,浮躁到没有时间与自己对话。这时,她会停下来读读诗词,诗中美好的事物让她更愿意静下心来感受身边的美好,让她更勇敢地面对生活中的挫折。

对我的好友和陈更来说,弹吉他和读诗词也许不能养家,也不能成名,但那是她们一个人的桃花源。是她们释放自己,滋养情绪,安顿心灵的好去处。

陶渊明的桃花源，也许不单单是一处风景，芳草鲜美，落英缤纷，屋舍俨然，鸡犬相闻。从某个角度说，那是陶渊明的一种生活态度，一种人生境界。生活坎坷时，不抱怨，不逃避，不退缩，心胸豁达，积极面对，在属于自己的桃花源，收集更多的阳光，去面对生命中的阴霾。在自己的桃花源，与不完美的自己握手言和，完成现实世界和内心世界的和解，并且鼓足勇气继续前行。

也许，每个人都有这样的一个桃花源，独属于你，垂钓，养花，读书，写作，摄影，健身……靠近它时，你会眼中有光，心里有爱，满心欢喜。你可以放下工作的压力，生活的疲惫，云淡风轻，安之若素，心满意足。

愿我们每个人都有属于自己的桃花源！或许，心灵的安宁与自足才是我们最初与最终的桃花源。

努力生活的人

朋友萍买了一个农家小院，好一番收拾。再看到时，簇拥的凌霄花已经开满花架，粉红的月季刚刚绽放，满院子的多肉，拥拥挤挤，蓬蓬勃勃。还有两棵向日葵，却并不孤单，饱满的脸盘，红的温暖，黄的夺目，在一群肉肉中微笑着舞蹈。

我没有去过萍的小院，只是每天看她在朋友圈晒她的烟火生活，看朋友们给她的留言，就觉得忙碌中多了一份悠然，多了一份饱满的幸福。

前几年，萍晒的最多的是旅途。周末的她，越陌度阡，行遍大江南北，看遍青山绿水。寒暑假的她，两人一狗，自驾戈壁沙漠，走遍关内关外，阅尽无限江山。年轻的她转山，转水，转荒漠，尽情地放牧自我，走近那些你去或不去，都在那里等你的风景。

曾经，我很佩服萍一再出发。今天，我很高兴她有了一院子的牵挂。无论曾经的远行，还是今天的安定，那是她努力经营的有滋有味的生活。她让自己的日子泛着光，浸着爱。这样努力生活的样子，好美。

办公室里有一个年轻老师小丽，大学一毕业，就考取了教师编制。工作时她活力满满，没课时就搬个凳子去教室听课。课间，她的身边围满了叽叽喳喳的学生，晚上，她又在办公室啃起了考研教材，大家都说这个孩子真努力。没想到，假期里又看到她在商场打短工干促销，问她为什么这么拼，她说："我年轻啊，我就要努力到感动自己，也为爸爸妈妈减一点负担。"

这样努力的结果，果然让小丽收获多多。她不仅获得了优质课大赛一等奖，还考取了在职研究生，同时结识了一个同样优秀的恋人。不了解她的人都说她运气好，认识她的人都知道，哪有什么好运，都是她辛勤努力的结果。小丽用自己的努力，满怀希望的成长，圆满着自己的人生，活成了很多人的榜样。

在成都，一位76岁的老人孟德森，在检查出无法治愈的眼疾后，没有悲伤，没有颓废，而是决定用自己剩余的光明，去环游世界。6年的时间，孟大爷一边服药，一边旅游，先后走过近100个国家，开阔了自己的人生。如今，孟大爷又有了新的计划，希望通过自己的努力，用10年时间把100个国家推荐给1000万人。已过古稀之年的孟大爷再一次佐证了，只要努力，就能活成乘风破浪的爷爷。

我们身边，不乏这样努力生活的人。一个孩子跌跌撞撞地迈开步子，不断地跌倒，不断地爬起，不断地出发，那是一个孩子努力的样子。长大后，生活中充满着痛苦和酸楚。很多时候，即使用尽全力，生活也没有过成我们希望的样子，我们却仍然在坚持，仍然在努力。

有些人看似默默无闻，却平静地努力着。他们看似没有什么远大理想，工作上也没有什么值得炫耀的成就，就那么不疾不徐地，安之若素地坦然生活着，这样的人何尝不是富足无比呢？

张小风说："我活在世上一天，总希望这世界比失去我要好些。"是的，那些努力生活的人，无论选择喧闹拥堵的大城市，还是悠闲恬静的小城，也许他们没有改变这个世界，却在启发更多的人像他们一样生活，也吸引更多的人参与这种生活，这就是他们努力的意义。

那一年吃百家饭

昨天晚上，接到一个电话，对方叫我老师，并自报名字叫张军。听到名字的瞬间，一张稚气的哭花了的男孩脸毫无征兆地浮现在我眼前。

我问："你是河头村的张军吗？"对方也很激动："是我啊，老师。快30年了，您还记得我啊？"我说："记得记得，你是我教的第一批学生，是我的小班长啊。"张军在电话那端哈哈大笑："老师，感谢您当年的教导，要不我今天成不了律师。"我祝福他做了自己喜欢的工作。

一个电话，勾起了我的记忆。1992年，我大学毕业，分配到县城西边的文家乡河头小学工作。我来到学校，才知道没有食堂，十几个老师中，离家近的都回家吃饭；在学校里常住的，包括桑校长在内，还有彩虹和我。我们仨，一天三顿饭需要学生家长轮流来送，每家一天，我们叫百家饭。

彩虹大我两岁，已经在这里工作好几年，我们俩住一间宿舍。经常是，清晨起床后，我们发现办公室里早已放着一个大竹篮，上面盖着干净的绒布。打开来，会看到两个大碗，盛着满满的青菜炒鸡蛋，另一个大碗里放着白馒头。有时是野菜包子和水饺。中午的饭菜更丰盛，村民习惯用大碗，而不用盘子，大碗盛菜多，每碗都要漾出碗口的样子，足见村民的朴实。其他老师显然已经适应，只有我觉得特别新鲜。

当时，张军是班长。一天早饭后，教务主任刚要抬头拉响悬挂在树上的铃铛时，一个妇女托着饭盒，急匆匆地走了过来。教务主任刚好是本村的，只听他问："张军妈，你这急抓抓的干啥来了？"张军妈妈也哭笑不得地说："哎呀，别提了。今天我家送饭，一早我就给老师把饭送来了，可是等我把饭盒拿回家，张军一看就哭了。他说肯定是我做的饭不好吃，所以剩了那么多。他还说前一天人家张小燕妈妈做的饭就很好吃，老师们都吃光了。他哭得上气不接下气的，饭没吃，也不来上学了。我重新包了水饺，老师们快吃吧。"

老师们刚准备去上课，结果听了张军妈妈的话，都面面相觑，没想到这种事孩子们还攀比呢！我赶紧解释说："这事怪我们。昨天晚上桑校长开会去了，所以早饭只有我和彩虹老师吃，剩的有些多。您回去让张军来上课吧。"张军妈妈却说："我都做了，老师们都尝尝吧，你徒弟嗓子都哭哑了。"十几名老师哈哈大笑，说这孩子真可爱。大家围在一起，你一个，我一个，用手拿着水饺就吃，张军妈妈高兴地说："这次总算对张军有个交代了。"桑校长回来听说了这事，他规定，以后每顿饭都要吃空一个碗，免得孩子们不高兴，难为家长。

那一年，我天天和学生待在一起，一日三餐吃着不重样的百家饭，俨然成了一名孩子王。新学期开始，我离开了那所小学，辗转了很多学校，都有食堂，可是我却依然想念那一年吃的百家饭。

老魏

老魏其实并不老。可是，从我二十多年前第一天认识他，就听别人喊他老魏，一直到今天，还是这样喊他。

跟老魏对桌办公的人，都说他喜怒无常。每次坐在办公桌前，别的同事偶尔还会闲聊几句，老魏却不，他就闷闷地面对着那一堆堆的数学试卷，刷刷地打着对号或者错号。只有跟他对桌办公的人才会发现，他的表情极其丰富，时而喜笑颜开，这一定是看到了哪个大神级别超级发挥的试卷；时而唉声叹气，这一定又是哪个恨铁不成钢的家伙，把他讲了几遍的知识点再次做错了；时而把笔一扔，估计又是哪个粗心的家伙犯了某些"低级错误"吧？通常这个时候，老魏会去办公室的阳台，点燃一根烟，悠悠地抽完，悠悠地回到办公桌前，重新陷入那堆试卷里。

做过老魏学生的人，都是怕老魏的。每年新学期一开始，很多学生一听说在老魏班，就开始提心吊胆，战战兢兢。学生中流传着一个段子——有个学生开学第一天跟家长说："妈，如果我中午没回来，那大概就是在数学课上挂了。"可是每年上着上着，一年很快就过去了，每次拍毕业照时，老魏班的学生总是出尽了"洋相"——女生泪眼婆娑，男生哭得豪放。那个段子手学生抱着老魏哭得鼻涕眼泪分不清，引来周围同学和老师的围观。

学生们最怕上老魏的课，又总是盼着老魏来上课。那个纠结，只有当了老魏的学生才能体会得到。老魏一上讲台，台下一双双眼就开始聚光了。站在讲台上的老魏，简直就是一个发光体，听过老魏的课，你就能深刻理解什么叫神采飞扬，什么叫眉飞色舞，什么叫激情与速度。你每一刻都感觉老魏在跟你对视，如果哪个学生偷偷做了一个小动作，立马会感到"嗖"的一下射过来的一道光，然后悄悄溜走的元神立马归位了。

有一次，老魏下了课走出教室，走出一段路之后，忽然听到教室里传来一阵掌声。他折返回来，发现讲台上站着一个学生，正在说："下面我来模仿一下老魏讲题，活跃一下哈。"讲台下竟然掌声如雷。那个学生开始模仿，一举一动，一言一行，活脱脱一个小魏重现。题目的思路清晰，连用粉笔画图形，甚至扔粉笔头的样子，都模仿得惟妙惟肖。那个学生也真的进入了状态，竟然连老魏站在了身后都没有觉察，等他发现了同学们的暗示，猛一回头，傻眼了。老魏不动声色地说："讲得不错。就是有一个步骤讲得不太清晰。"指导一番后，老魏转身走出了教室。身后传来学生们开心的笑声。

老魏所有心思都在学生身上，身外之物都置若罔闻。学校要给他最美教师的荣誉，他听说要投票，直摇头："不要不要，太麻烦了。"但无论是谁，只要在老魏面前说到学生，他就两眼放光，亮晶晶的光。喜欢到骨子里，大概就是这个样子。

老魏真的不老。可是叫他老魏的人太多了，不光领导、同事这样叫，他的学生背地里也这样叫。长此以往，他的真实姓名会不会被人们遗忘啊，真叫人担心。

对了，老魏叫魏行民，也是我的亲老师。

五十岁的浪漫

办公室里的姐妹们要团购一款T恤，大家正叽叽喳喳地利用课间报衣码、颜色。

五十岁的张老师走过来说，他要一件L码的紫色款。一群小同事就开始起哄，说张老师真是浪漫的人，是不是给爱人买的呀？张老师有点不好意思，笑着边答应边掏钱。于是，这群小同事开始起哄其他男同事，大家都跟张老师学学啊，都给自己的媳妇买一件，表表心意。

还别说，其他男老师也围过来了。有的直接报颜色报码号张口就来；有的开始咨询其他女同事，自己的媳妇适合哪个颜色，哪个码号；有个刚毕业的男老师想给母亲买一件，犹豫了半天，想不起妈妈该穿哪个码合适。

一群小同事都拿张老师做榜样，夸他爱自己老婆。

张老师端着水杯开口了："前几天，我去参加一个同学孩子的升学宴，遇到一个老同学刚开了家花店，那个同学就给在座的每位同学分了6朵包装好的玫瑰花，让大家带回家送给自己的爱人。结婚20多年，我第一次带花回家，把俺媳妇惊喜的，一个晚上翻来覆去地问，是不是去超市买东西赠的？你怎么想起来买花的？看到她那么高兴，我越发不好意思说是人家送的。唉，结婚那么多年，媳妇忙里忙外的，伺候了小的再伺候老的，从来没抱怨过。就那么6朵花，把她高兴的，我这心里不好受啊。所以跟随你们买件衣服，再让她惊喜一下。"张老师说完哈哈笑了。

张老师的话，竟获得了大家的掌声。大家都觉得，五十岁开始的浪漫，一点都不晚，一样让人感动，一样给人幸福感。

最熟悉的陌生人

　　她在广州，他在东北。相隔万水千山，他们却成了很好的朋友。那时，她青春正好，他温暖阳光，他们眼里只有草长莺飞，繁花灿烂。

　　她鼓励他坚持写作，给他寄书籍若干。他支持她事业选择，坚定她的方向。20年，他们从未谋面，只互相发过几张照片，开始是单身照，后来是全家福。他成为当地知名作家，她成为南方优秀企业家，他们也从青春年少步入中年。

　　出差，路过对方的家乡，看沧海桑田，一念之间记起，万家灯火中，有座小城，有一盏灯，属于那个熟悉又陌生的朋友。一条微信留言，告知从他的家乡经过，很快，回复过来，祝在外平安。没有挽留，没有客套，天各一方，各自安好，不见，也是互相成全。

　　他是大学心理学教授，她是心理咨询师。初学心理学，她希望得到一位专业老师的指导，不被旁门左道左右。机缘巧合，他们在学习群认识了。他总是很负责地传递给她的心理学知识，非常认真地回答她提出的每一个问题，仔细批阅她的每一次作业，还帮助她做过几次深度的个人分析。

　　他一直说，不误人子弟是为师者的最基本的要求，得天下英才而教之，乃教师生命中之乐事。因为他的帮助，她成长得很快。她每有棘手案例，都会向他征求意见，每次都会得到他专业的督导。

　　10年心有灵犀的交流，却素未谋面，她不知道他姓啥，多大，也不知道他在哪个学校，但是她的成长蜕变，都有他潜移默化的影响，他们成为冬日夏云般的朋友，在各自的领域奔波忙碌，成为最熟悉的陌生人。

她学着写文章，记录自己的生活感悟。每次轻描淡写，都让她感觉自己的词不达意，羡慕别人的妙笔生花。无数次投稿，无数次石沉大海。文章终于第一次登报后，她细细读过每一个字，发现被编辑老师改过的地方，确实更能表达文义，读起来也更流畅。后来，多次投稿，多次刊登，比照刊发的文字和自己的底稿，成了她必做的一件事。那是一个提高与感恩的经历。

不知道编辑老师是男是女，不知道年龄，但被润色过的文字里，藏着一位执着于文字的老师，陌生又熟悉。

很多时候，明明是生活中很熟悉的朋友，走着走着竟淡了，淡得疏离和陌生。而有些时候，明明陌生到不曾相识，未曾谋面的人，走着走着却变得熟悉。他/她会尊重你的隐私，鼓励你的梦想，给你客观的建议，也会默默地支持你，成为你的一字之师，或是一世之师。

生活中的很多相遇，偶然却又必然，感谢那些熟悉而又陌生的朋友。如水的光阴，因为他们的向好向善，让我们心生明媚和温暖。而这是不是一个人，乃至世界应该有的美好的样子？

师生间的那份记忆

周末,我被安排去当地的一所大学参与自学考试的监考。

考前培训时,发现主持考务工作的竟是自己30多年前读师范时的王老师。听着王老师强调考试注意事项,回想起他当年教我们世界历史时,教我们如何记忆那些国外的人名,幽默风趣。我感慨万千的同时,也在想要不要跟老师打声招呼。

我监完第一场,抱着试卷去考务室封卷,刚好遇到王老师从屋里往外走。擦肩而过的时候,我叫了一声王老师。王老师回过头,看了我一眼说:"哎呀,刚才竟然没认出来,你是八七级一班的吧?"听老师准确地报出自己的班级,我竟不由自主地转过身站直,连忙点头答应。32年了啊,王老师竟然还记得自己的学生是哪一级哪个班。从那一刻起,我的心不再平静,既有对老师的敬畏,也有对自己的忏悔。

1987年,我走进寿光师范,在那里遇到了很多老师,心中留下了他们师者的风范。

侯如章老师教我们古汉语,侯老师个子不高,喜欢穿中山装,两眼炯炯有神。每次来上课,都是夹一本书,一路小跑,奔上讲台,满面笑容,开始擦眼镜,几句寒暄之后,课堂正式开始。他夹的那本书就放在讲台上,从来不见翻开,那似乎就是他的道具,他就在同学们之间来回穿梭讲课,但我们仍被他深厚的语文学识所倾倒。

有一次,侯老师急匆匆地走进教室,满脸笑容地说:"我非常感谢某某同学,这次考试竟然忘了写作文,所以他这次就不及格了。"全班哄堂大笑，连忘了写作文的同学都觉得自己帮了老师的忙而骄傲，似乎当年每次考试都必须有不及格的同学，而大家都喜欢侯老师的课，学得都很认真，不及格的学生难找。毕业20年师生聚会时，那个同学已经是单位的领导，问侯老师还记不记得那件事，侯老师竟毫不迟疑地回答："记得记得，感谢你忘记写作文啊。"

记起老师们，想起他们当年的教诲，我暗自忏悔。虽然我还年轻，却没有我的老师那么好的记忆力。

记得有一次去配眼镜，正在看镜框的时候，柜台里的柜员叫我老师，我看着眼前陌生的面孔，不好意思地说："真是抱歉，我好像不认识你了。"柜员自报家门，说自己是某个学校的，当年我教过他数学。然后他很善解人意地说："老师不认识学生太正常了，教过那么多学生，哪能都记得，可是学生不认识老师就不对了。"我感动的同时，更觉得愧疚。虽然是20多年前的学生，可是自己竟然一点印象都没有，怎么说都是自己的不对。

还有一次，一个同事来办公室修电脑，我正在拖地，结果他一个鞠躬喊了一声老师好。我诧异之际，他说："老师，你不认识我了，我是小王啊，九年级你教过我数学的。"我恍然想起，当年那个天天跟在我身后问数学题，每次考完试非要我先把他试卷看完才放心的小王同学，已经长大成了老师，并且和我成了同事。

原来，老师和学生之间的那份记忆，是可以跨越时空的。即使分别几十年，打开时光宝盒，仍然一点点遇见。感恩我的老师，感谢我的学生们。

对着一朵花微笑

周末,市里的文化馆有书法展览。在一幅楷书作品的落款处,我忽然发现了朋友梅的名字,于是拍照发给她,问是不是她写的。我很快得到梅的回复:"是我写的。你在哪看到的?"我告诉她:"在市文化馆,获得了二等奖呢!恭喜啊。"

朋友梅从企业退休后,报名参加了老年大学的书法班、萨克斯班和太极拳班,同时还报了暑假的游泳班。这些学习班,梅是零基础,书法从"点"开始练,坚持了两年,进步非常大。而梅的乐理知识更是贫乏,刚开始时,她会满怀好奇地在朋友群逗我们:"你们知道4在音乐里念啥吗?"不等我们回答,她已经自问自答:"竟然是'发'。太吉祥了!"就是这样的一个乐盲,没出两年,萨克斯竟然吹得有模有样了。有时,朋友们想聚聚,偏偏她这个已经退休的人最难找,因为她不是在学萨克斯,就是在练书法,或者打太极拳,甚至她还学会了深水游泳。这在我们看来,简直太厉害了,退休后的日子竟然可以这么幸福吗?

梅的忙碌和充实,与另一个朋友燕形成鲜明对比。燕也在企业上班,50岁退休了,退休后的燕像变了一个人,郁郁寡欢。逢人便说自己身体这里不舒服,那里不舒服,还说退休金还不够自己买药的。每次朋友聚会,大家听到最多的是燕的抱怨,抱怨孩子不听话,抱怨老公不体谅她,抱怨自己为企业忙活了一辈子,到退休身体也不行了。自己怨声载道,看别人也是一百个不顺眼,所以搞得家里鸡犬不宁,在外面与朋友的交往也越来越少。

而梅最大的变化还不是技艺的长进，而是她整个精神面貌的变化。退休后的她神采奕奕，与朋友聊天时，总是面带微笑。

有一次我去她家玩，看到她养的花开得正盛，就问她："我也养了这花，可是没有你的这么旺盛，有什么秘诀吗？"她笑着说："每天对着它微笑，跟它说话。"我半信半疑地看着她，她接着说："真的呀。原来我养花也不行，整天忙忙碌碌，好久也不看它一眼，有时感觉花都干枯了，才浇点水。退休之后，有了大把的时间，日子也变得慢下来，浇花时就跟花说说话，有时间还会给它捉捉虫，眼瞅着花儿越长越好了。大概它以前太寂寞了，现在忽然感受到我的喜欢，所以长得越来越美了。我也报名参加各种学习班，给自己一个成长的机会，不知不觉，心境竟然变了，看什么都欢喜，连更年期也平稳度过了。"

梅的开放、平和的心态深深吸引了我，一个眼里有爱的人，会带给周围的人光芒。梅没有被退休后的闲适所困扰，而是让自己二次成长，活出了自己的精彩，也带给周围人幸福的感受。

是的，无论日子多么琐碎，我们总要爱着点什么。在书中串串门，对着一朵花微笑，在春天里邂逅一份明媚，用一颗欢喜心拥抱生活，再平凡的日子也会闪着光亮！

轮岗

开动员会，积分，公示，公布。他们成了首批轮岗的教师，去离家几十里的某乡镇学校轮岗一年。

一年后，他们回来了，所以坐在一起，聊聊轮岗的经历。

一位女老师首先开口。她说自己每天早早起床，总是先看一眼窗外，如果先看到一缕阳光，便莞尔一笑。尤其是冬天，出发时，路灯还会亮着，如果看到了东边的太阳光线，看到西边还没来得及落下的月亮，会觉得像中奖一样幸运。奔波的日子，特别渴望看到阳光，感觉日子变得更明亮。如果遇到雨雪天，她会早早出门，有时早饭都来不及吃，担心在规定的时间到达不了。

另一位灰白头发的男老师说，当时真的是为了晋级加分报名的，可是来来回回的，却好像已经忘记了加分。他每天五点多起床，吃过早饭，然后就匆匆去赶公交车，不是说自己有多高尚，而是觉得应该遵守现在学校的规定，觉得要对得起等着自己上课的学生。他在那里也做了很多教学之外的工作，得到了大家的认可。人过留名，雁过留声，这句话真的是有道理的。

林老师接着说，这一年，看到很多特殊的孩子。有一个孩子没有妈妈，天天穿着校服，冬天到了，没有穿袜子，没有穿棉衣。他从家里把自己孩子的鞋子、毛衣、羽绒服拿了一包过去，告诉他，如果喜欢就留下。少言寡语的他只羞涩地笑了笑，提着一大包衣服走了，第二天就穿在了身上。期末考试过去，这个孩子的其他科成绩都很低，林老师教的科目却考了 80 多分。也许这就是孩子对他的报答吧。以后的每次考试，他都考得挺好的。最后，林老师说，身边还有很多这样的孩子都是需要我们关注的。

一位女老师说，轮岗之后，忽然觉得到处都有了牵挂，每天与父母，没事找事地煲个电话粥，与老公早早晚晚地发个短信，告诉他到了，或者已经回家了。有时拿上孩子的一本书，中午在宿舍休息时，细细读读孩子平时宝贝般的书籍，对孩子多了一些了解和关注，少了一些偏见和指责。这一年，日子竟也变了样子。

最后，德高望重的宋教师说，这一年很努力，给了学生一些温暖，同时，我们也得到了更多温暖，尤其是办公室里那些相处一年的同事，给了我们太多的安慰和鼓励。我想，这是比加分更可贵的。

或许，就是这样的一些普世价值观，让一群普通人活出了生活的明媚。

换一种态度生活

听朋友说起去台湾旅游的事，觉得很有意思。朋友去台湾的第二个晚上，就遇到了5.8级地震。夜间，整个旅游团成员都有点惊慌失措，大家都在大厅叽叽喳喳，不敢再去房间睡觉，宾馆的女服务员却一副气定神闲的样子，淡定地说了一句，这有什么呀，我们就是在摇摇晃晃中长大的呀！结果大家顿时各自回了房间。

我记得曾经看过的一个电视片，炮弹就在身边爆炸，战火中的人却仍在建造房子。有记者问，现在建起来不怕被炸了吗？那个人的回答也是诙谐淡定的：那怕什么呀，炸了再建啊！

最近单元楼里刚搬来一家人，租了八楼的房子，儿子刚读初一，女儿还抱在怀里。每天早上看到小男孩抱着妹妹，女人推着自行车，下楼送儿子上学。晚上8点左右，看她站在单元楼门口，抱着女儿，等待儿子回家。那天晚上的一场急雨，把一群外出散步的人都赶了回来，大家站在单元楼门口，你一言我一语地寒暄着乘凉。这时，女人出来了，怀里抱着女儿，跟大家打声招呼，就站在门口一边听大家说话，一边看着远处。一位阿姨问她是不是想去接儿子，需要大家帮她看着女儿吗？她道过谢之后说，不用，从来没去接过他的，他自己会回来呢！

大约15分钟后，院里响起了孩子的歌声，女人面带微笑地说："宝宝，哥哥回来了哦。"全身湿漉漉的小男孩看到了大家，很有礼貌地跟大家打招呼。男孩笑着说："妈妈，快让妹妹看看我，比落汤鸡还落汤鸡呢！"一家人有说有笑地进了电梯，留下一串笑声在楼道里。就这样淋了一场大雨，却丝毫没有沮丧，反倒成了一份乐趣。

记起儿子读初中时，早上给儿子做好饭后，我和先生出门晨练。儿子自己在家吃完饭，穿上鞋子，带上门出去了。结果他发现两辆自行车都被他前一天晚上推到了家里，一摸口袋，竟然忘了带钥匙，于是跑了8里路上早读去了。中午，他又跑回来，却仍然高高兴兴地说，就当锻炼身体了。

或许，我们也应该换一种生活的态度，用一颗平和的，愉悦的，蓬勃的心去对待生活，生活就会以幸福的样子陪伴我们吧！

如果人生可以作弊

最近，一个话题在微博引发热议："如果人生可以作弊一次，你最想做什么？"没想到的是，近9万网民点赞，近7万网民参与了评论。

网友"什么时候吃火锅叫我"的答案，最扎心却引来万人点赞，她留言："我一定要投对胎，选对出生家庭。"原生家庭对人的影响有多大呢？世界上很多事情都有上岗证，唯独父母没有。而我们偏偏没有选择自己父母的权力，没有选择家庭的权力。有些时候，父母和家庭也是会伤人的。如果可以选择，是不是很多人的人生会有所不同？

张爱玲曾说："你如果认识从前的我，也许会原谅现在的我。"张爱玲4岁时，父母离异，母亲出国，所以她的童年没有母爱。父亲娶了姨太太，她的童年也缺少了父爱。她的一生都在追寻父爱，从她的婚姻可以觅得蛛丝马迹，胡兰成大她14岁，也像她的父亲一样风流成性，也像她父亲一样将她遗弃。后来，她找了一个大她近30岁的作家，这些或许都来自她对父爱的渴望。从小，被遗弃，被忽略，如果张爱玲可以作弊，她会不会重新作出选择呢？

网友"夏天的雨"回答说："我不想高考作弊，也不想重新投胎，我想把残疾的妈妈治好。"这个戳中泪点的答案，瞬间点燃了网友的爱心，一众网友纷纷留言说，作弊名额都留给你，加油。是的，如果人生可以作弊，希望腿有残疾的妈妈都能健步如飞，在校门口张开双手迎接孩子放学；希望妈妈可以开口说话，告诉孩子，你是她一生最好的礼物；希望妈妈能听见世界上最美妙的声音，看到最快乐的孩子，哼唱她心中最美的歌谣，希望全天下的妈妈都不被疾病困扰。如果可以，这个弊我们一起做。

　　网友"兵哥哥"的答案是"如果人生可以作弊，我一定每天都给妈妈打电话。可是，这个电话再也没人接听了。""兵哥哥"说，自己是一名缉毒警察，他一直觉得出门在外就不应该让父母担心，所以他习惯了报喜不报忧。那次他去执行任务，走前告诉妈妈，自己要出去一趟，所以可能这段时间不会打电话给她。一个月后，等他执行完任务打电话回家，却听爸爸说，妈妈半个月前因心肌梗死走了。他说，如果人生可以作弊，他再也不会放弃每天打电话的机会，哪怕告诉妈妈他在哪，哪怕只听听妈妈的声音也是好的。

　　人生只是单程，人生不可能作弊。每个人的一生，都会有各种各样的遗憾，都会遇见我们无能为力的时刻，而对人生的梳理和叩问，就是我们与自己的遗憾握手言和。

温暖会传递

那天，我走出超市，提着大包小包，顶着39度的高温，匆匆走向自己的车子。远远地，我却傻眼了。

我车子的前后，各有一辆车，那么亲密无间。我走不了了。把大包小包塞进车子，前面瞅瞅，后面看看。怎么也得试试啊，我坐在车上，慢慢往前提一提，打死方向，开始慢慢倒。几次下来，我汗流浃背，车却怎么也开不出来。我坐在车里，束手无策，无可奈何，要是前后两辆车的主人是出来吃饭的，那得几点才能开走呢？我的天，想想都郁闷死了。真恨自己不是一只鸟，可以飞出来。

我下车，再瞅瞅前面，看看后面。一筹莫展时，一辆单车停在我身边，开不出来了？我转头一看，20出头的小伙子，骑在单车上，也是前瞅瞅，后看看。要不我给您开出来？我满心欢喜又带着质疑，他笑笑说，试一下吧。他把自己的单车停到路边，上车，打方向，前提，后倒，几次之后，真的把车开出来了。我由衷地佩服他，一个劲地道谢，他则一个劲地说着不客气，骑单车离开，像是什么都没有发生的样子。

我有天晚上去商场，遇到一位年轻女子，坐在车上不知所措。我前面看看，后面瞅瞅，跟她说，你摇下玻璃，我给你指挥试一下吧。她说着感激的话，边听我的指挥，边慢慢挪动，几分钟后，我指挥她离开了拥堵的停车场。她坐在车里，拉着我的手，一声声道谢。我向她摆摆手说，慢点开车，再见。夜色中风刮过耳边，我觉得很开心。生活中总有很多巧合，会让一份份温暖传递。

我与楼道里打扫卫生的阿姨，每次见面，都彼此打声招呼，又要上班了？您又开始忙了？然后各忙各的。那天我下班回来，远远看到阿姨在单元门那站着，好奇地问她，今天怎么干到这么晚，阿姨说："我在等你呢。"我纳闷："有事吗？"等我走近，她从手里递来一串钥匙，正是我家的。她说："早上打扫卫生，看到你门上挂着钥匙，知道你忘了拔下来。所以我上午干完活，就没走，在这里等你，以后早几分钟出门，就不会那么急了。"我很感动，说："阿姨，你可以先带回家，中午再送来就行了。"阿姨说："我怕你半路想起来会回来找啊。"

　　生活中，总是有很多出其不意的事情发生，而带给你温暖的，常常是生活中帮助你的陌生人。重要的是，举手之劳时帮助别人一把，世界真的就会很温暖。

我的教鞭去哪里了

读小学时，感觉语文老师手里的教鞭，简直像根指挥棒。读生字时，教鞭往上一指，我们就开始拼读，教鞭横着一划，我们就开始连读，如果教鞭在某个字上一停顿，我们就知道重读。读课文时，震耳欲聋的读书声总是在教鞭的"啪啪啪"三声中戛然而止。老师的教鞭，就是无声的语言，指到哪里，我们就得跟到哪里。

上了初中，最怕的是英语老师的教鞭，每次听写单词，如果不全对，那是无论如何也逃不开教鞭的亲近的。英语老师的教鞭每每高高举起，轻轻落下，打在手心，还是有那么一点疼的。那时，我们不懂什么叫体罚，至今还深深怀念那根警示过我们的教鞭。

走出学校又走进学校，我也成了一名教师。父亲给我的礼物竟是一根细细的教鞭，是可以自由拉伸的那种，拉开像一根细细的电视天线。这根教鞭陪伴了我三年，我在讲台上用它指点过无数的数学题，却从来没有落到学生身上。后来，我把它送给了我教的第一届学生中考出的第一个师范生。

忘记了什么时候开始，我们不再使用教鞭了，我们开始用投影，用大屏幕，用电子白板，用鼠标。教鞭再也不是我们手里必要的装备了，我们也不再用教鞭亲近任何一个学生了——越来越多的老师被投诉，多是教鞭惹的祸。教鞭就这样远离了我们，退出了课堂。

最近一次使用教鞭，是办公室刘老师送给我的一根扁扁的木棍。那节课只有宋同学没有完成作业，我说，小宋，你到黑板上来做题，只要做对了，作业的事就一笔勾销，如果没做对，你就把作业补给我看吧。宋同学一米八的个子，站在讲台上做题，擦着黑板的上沿开始做，我站在讲台下，一米六的个子越发显得矮了。看着他偶尔狡猾地偷偷瞟我一眼，我知道，我该去借一根教鞭了。

  我走进办公室，跟同事们说了下情况，大家哈哈大笑起来。于是，有了刘老师给我的教鞭，我倒背着手走进教室，刚好宋同学做完题，一甩手中的粉笔，潇洒地走向座位，有点幸灾乐祸。我说，大家一起来看看小宋做的题对不对，同学们抬起头，看到紧贴黑板上沿的答案，都乐了。我说，个头高就是好，写得答案老师都够不着了，好在老师有教鞭。我开始订正，完全正确。我说："恭喜小宋同学，你顺利过关了。"我看到小宋有点不好意思，又有点调皮地笑了。

  记起那几句小诗：你，心里没了师长，我，手里没了教鞭，和谐教室，彼此相安。虽然，每天仍然还有很多关于教师的负面帖子，但我仍然相信，每个孩子还是人心向善，每个教师还会无悔付出。有时，会怀念童年的教鞭，怀念那时的校园。不知道何时，我还会重拾那根丢失了的小小教鞭吗？

书橱里藏着旧时光

周末，外面依然有些冷，家里却是满屋阳光。看着书橱有些乱，便想趁着周末稍作整理。

打开书橱，最顶层的书上面横放着一卷报纸，一层层打开，竟是一炷香。这一定是婆母放在上面的，凡事细心的老人家，是怕放在下面摔碎了？还是怕她孙子拿了点鞭炮？所以包得严严实实的，放在她认为最安全的地方。

想起婆母还健壮时，每年三月初三，婆母会定时来，用极其虔诚的态度，点了香，口中念念有词，用自己特别的方式祈祷。我因为不懂，所以不问，也不触碰，却记得婆母顶礼膜拜时的虔诚。于是，我把香再次包好，放回原处，免得下次婆母找不到。

第二层的书摆放得很整齐，最边缘放的是一个蓝色笔记本。我抽出翻开，是儿子三年级写的日记。有很多字不会写，是用拼音拼写的，里面还画着很多笑脸、气球等简笔画。看着儿子用铅笔写的一段段话，我嘴角不觉上扬。有去广场放风筝的，有说自己考试小烦恼的，有写上学放学路上见闻的。每篇结尾处都很经典：今天，我玩得真高兴。今天，时间过得真快。

有一篇日记写的是找春天。他写道：春天来了，泥土变松软了，小草钻出来了，妈妈的脾气也变好了。看到这里，我不禁笑出了声。想象着当年儿子的眉眼，在写日记时是高兴？还是委屈？我翻完整本日记，好像穿越了儿子的童年。我合上日记本，放回原处，保留孩子的童年，也保留那份成长的跌跌撞撞与坚强。

　　第三层是我看过的一些心理书，我一边整理，一边记忆。想起十多年前，我准备参加全国心理咨询师考试，每天工作之余抱着书，一页页看，一点点积累，每一本书都记录了那年的成长轨迹，还有那些坚持读书的感动。我擦拭着书本，把它们摆放整齐。感性上的割舍不下，终战胜了理性上的断舍离，因为这些书带有我情感上的温度。

　　最下层的书里夹着一个盒子，打开，里面是一个光盘，上面刻着：86岁母亲游毛主席故居。这是今年清明节回家给父亲上坟，大姐刚办理了退休手续，问母亲最想去哪玩，母亲说，就想去看看毛主席。于是，86岁的母亲第一次乘坐飞机，第一次去拜谒了她一生中唯一的偶像。

　　光盘里可以看到母亲乘坐飞机前的忐忑不安，在毛主席故居人山人海中的回眸一笑，为我们收藏毛主席纪念章时的恭敬虔诚，张家界玻璃栈道上的战战兢兢。我小心地把光盘收好，收好母亲的满足与幸福。

　　走进书房，打开书橱，捧起一本书，你不言，我不语，各自的眼睛里，却有璀璨的光亮，各自的嘴角，挂着浅浅的笑意。那一刻，心是安静的，柔软的。每一次擦拭，整理，翻阅，都是幸福的，欣喜的。

　　整理书橱的过程，是取舍的过程。舍弃会带来空间上的舒适，而保留，也是另一种幸福。因为流经我们岁月的种种，都是修行。所以，留存不等于囤积，而是珍惜以往的修行。也许，在下一个风和日丽的下午，我会再次整理书橱，与藏在书橱里的旧时光再次重逢！

历史是数学老师教的

那年,学校临时安排我教八年级历史。我很不情愿,因为我是数学老师。

第一节历史课,我走上讲台,学生们一片哗然,有几个调皮鬼起哄:"我的历史是数学老师教的!"有几个男生哀嚎:"老师,你出的数学题都已经虐我千百遍了,再加上历史,还让不让我活?"

我用一个月时间把初中历史课本看了一遍,做了近10年的中考历史试题。那段时间真的是废寝忘食,逐渐地,自己心里不再兵荒马乱。同时,学生们竟然开始盼着上历史课,甚至超过了数学课。

那天下大雨,学校临时调整课程表。我走进教室说:"同学们,因为下雨,这节体育课学校安排上数学。大家拿出数学课本,好吧?"没想到学生们异口同声地喊:"不好。"在我的诧异里,他们大声起哄:"我们要起义,我们要上历史,不要上数学。"我忍不住笑了:"上一节刚刚学习了太平天国起义,这节课你们就起义了,那召集好队伍了吗?赶紧拿出数学课本。"没承想,大家一致拿出了历史课本,还在历史课代表的带领下,高声抗议:"我们强烈要求体育课上历史。"我说:"好吧。你们起义成功了。我们讲完上节课错得比较多的那道数学题,就开始上历史课吧。"学生们眉开眼笑起来。

就这样,我作为一名资深的数学老师,终于在学生的"起义"中,成功转型为一名受学生喜欢的历史老师。一个周五,李霞同学借我手机给家长打电话,结果放学回家后,忽然来了一波又一波QQ好友请求,还让我猜猜他们是谁。正迷茫时，一个小美女的头像在忽闪："老师，我是李霞，你答应跟着我混的话，我就告诉你他们是谁。"结果那个周末，有 50 多名同学成了我的 QQ 好友。以后的周末，数学、历史问题开始轮番轰炸，只要我发个说说，就会有我的学生秒赞，留言。

  有一段时间，学习现代史的社会主义探索阶段，我运用平面直角坐标系，把历史发展进程中的几个转折点描绘了出来。原本抽象的图形和杂乱的时间糅合在一起，一下变得直观形象了。有个女孩儿一直对学习不感兴趣，周末她发了 QQ 状态："果然我的历史是数学老师教的，为啥我忽然觉得学习有意思了呢！"期末考试前，她留言："老师老师，告诉你个好消息，我历史及格了。"我很纳闷，又没有考试，这是从何说起呢？待我提出疑问，她说："我自己买了套试卷，做了做，竟然考了 68 分。"期末考试结束后，我正在外地培训，收到女孩的留言，告诉我她的历史考了 84 分，数学差一分就及格了，特别高兴。

  那年学期结束，班级里竟然有好几个同学的数学和历史考了满分，这真是学生送给我的最大的惊喜。这让我觉得，当老师真是一件美好的事，遇见一群美好的孩子，被温暖着，然后希望自己去温暖更多的孩子。

似水流年念师恩

如果没有读过毕淑敏的作品，就不知道世界上有如此巧合的事情。毕淑敏的成长过程中，有一个重要的他人——中学的音乐老师。当年音乐老师因为毕淑敏的唱歌跑调，而不让她发声唱歌。毕淑敏在很长时间里，不但再也没有唱过歌，就连当众演讲和出席会议做必要的发言，都会在内心深处引发剧烈的恐慌。

而我，也有这样的经历。20世纪80年代，我在师范学校读书。学校在每年的十月份，都要举行全校的歌咏比赛。所以每次我们站在队伍里排练时，我们的班主任老师都要来来回回，前前后后地听。在几次转、停、转、停之后，班主任站在我面前指着我说："你，只张嘴，别出声。"我干张着嘴巴，不敢出声，泪水在眼里打转，又不敢掉下来。当时，自己觉得那么难过和无助。或许，这算是我成长过程中的一个负性事件。

而我比毕淑敏幸运，因为我遇到了王凤老师。那时，王凤老师刚刚大学毕业，是我们的音乐老师。王老师不光歌唱得好，人也长得好看，穿着时尚大方，大家闺秀的优雅气质，她是我们心中的女神。

可是，上音乐课却成了我的噩梦。我害怕起来唱歌，害怕发声。而这一切，王老师并不知道。那一节音乐课，王老师说，每个同学都要来前面唱一首歌。轮到我时，王老师坐在钢琴前，等着我说出歌名开始伴奏。而我站在王老师身边，不知所措。王老师用询问的眼神看着我，我问："老师，我可以不唱吗？"老师又看了我一眼问，为什么呢。我说："我唱不好。"王老师说："那你就选自己喜欢的歌只唱第一段吧。"不知道是王老师语气的温和，还是她眼神的疗愈，我说了一首歌的名字。

王老师的伴奏响起，我跟着伴奏唱了起来。期间，王老师回头看了我一眼，然后继续伴奏，王老师把整首曲子弹完，而我也唱完了整首歌。王老师回头看看我，然后说："我们再来一遍。"伴奏响起，我又跟着伴奏唱了起来。下课前，老师公布音乐兴趣小组成员。我，竟是唯一被选上的女生。

王老师教了我两年，她的人格魅力和思想魅力深深地影响了我。王老师从来没有问起我，那节音乐课为什么不喜欢唱歌。而我，也从来没有跟王老师提起过这段往事。两年后，王老师调走了，去了潍坊教委。

走出学校，又走进学校，我也成为一名中学老师。三十多年的教学生涯中，我一直以王老师为榜样，实践着自己的教育初心。

班里曾经有一个学习成绩优异的女孩，妈妈是外省人，生下她和弟弟后就跑了，她很自卑并多次要求退学。我看在眼里，急在心里，不时找她谈心，告诉她这样的生活不是她的错，并多次对她进行资助，激励她鼓起生活的勇气。最后，她考上师范大学，并来信告诉我，在她心里我就是她精神上的妈妈，以后也会向我学习，做个好老师，照亮别人，温暖自己，我感动得热泪盈眶。

另外一个有自杀倾向的学生，告诉我就活到清明节。我利用教她接触时间多的优势，悉心关注她的情绪变化，坚持每个周末都用QQ跟她聊天；生日那天，我给她订了蛋糕，让同宿舍的同学陪她过生日，用点滴的关爱和激励帮她走出阴霾。年终考试后，她给我留言，惊喜地说自己的成绩有了很大进步，开始有了生活的信心和动力。一年过去，她留言告诉我又进步了。而我更高兴的是，她忘记了自杀两个字。

如水的光阴悄悄地流逝，多年之后，想起王凤老师，记起当年的班主任，心里满是感激。我深深理解了当初班主任的苦衷与决定，也明白当初的班主任是多么负责，才让我们整个班级的各项成绩总是第一。感谢当年的班主任，让我在做了老师之后，总是心怀悲悯，小心翼翼地守护着每个学生，提醒自己，不要轻易伤害他们。

而王凤老师，她用音乐疗愈了一个孩子的自卑与恐惧，滋养和安顿了一个孩子青春期的困惑与挫折。感恩王凤老师，您的一举一动，如满树繁花，芬芳了我的青春岁月；又如一缕阳光，明媚了我的教师生涯。

电梯口的报箱

我下班回家,刚走出电梯,就发现电梯边多了一个空奶箱,里面安静地躺着两份报纸。我拿出报纸,看着报纸上写着我的名字,一种失而复得的喜悦油然而生。

已经很久没有看到报纸了。几个月前,我们楼栋的报箱集体人间蒸发。大家纷纷猜测,可是别的楼栋的报箱都在啊。于是,在很长一段时间内,大家开始四处寻找不翼而飞的报箱和报纸,却遍寻不见。像我,就订了两份报纸,每天早上下楼取报纸,边走边看已经成为习惯,一下子找不到报纸,觉得它们好像流浪在外回不了家,心底空落落的。

后来听楼栋里的邻居们说,物业为了迎接检查,强行把报箱拆了,说会另想解决方案。于是大家纷纷表达不满,解决方案都没有,就先把报箱拆了,这也太霸道了。很多业主为这事三天两头跑物业,倒是把其余的报箱留下了,却没有找回无家可归的报纸。

看来,物业终于把这个问题解决了。总算收到报纸,大家也就安心了。虽然不太美观,但是报纸能送到家门口,也是很便民的,也挺好。

从这天开始,每天中午回家,我都能看到两份报纸,静静地在奶箱里等着我。我也习惯了这样的取报方式,每天心安理得地收报纸,看报纸,直到报纸再一次失踪。接连几天,箱子又空了。我就纳闷了,报纸怎么又会凭空消失呢?

一周之后,我下班遇到楼上苗姐姐。她走起路来很缓慢,好像不舒服的样子。我急忙问她怎么了。她说神经疼引起的连锁反应,打了几天针。接着,她递给我一沓儿报纸,我才注意到她怀里抱着些报纸,她说好几天没有给我送报纸了。那一刻我才了解到,原来门口的奶箱是苗姐姐放的,报纸也是她每天从门卫处给我捎回来的。她去门卫处拿报纸,看到我的都没拿,猜到我天天上班,一定还不知道报纸放在门卫处了,所以每次给我捎来。她怕直接放电梯口被打扫卫生的顺手带走,又回家拿了奶箱放电梯边上。

生活中,总有一些瞬间,让我们觉得温暖。平时日子过得忙忙碌碌,却在冬至的那天中午,吃到了对门送来的热气腾腾的饺子,让你深信,远亲不如近邻,近邻不如对门;疫情防控期间,电梯口放的一盒餐巾纸,电梯里多了的一个纸盒,也带着丝丝暖意;小区里有个孩子有些自闭,每次遇到他打招呼,大家都会很开心地看着他,回复他,耐心地回答他的问题,看到他们都觉得暖融融的;又如电梯口这个有点丑的报箱。这些寻常的小事触手可及,俯拾皆是,却时时刻刻温暖着我们,让我们深深地感动。

如果每个人都能心存善意,彼此之间多些关爱,那么我们的心中就会种下一颗爱的种子,生根,发芽,寻常的日子也会拥有更多的惊喜。

春天落在肩膀上

上班路上,一群人站在人行道上等红绿灯。一阵风吹过,紫叶李花瓣簌簌地翩然而下。

"妈妈!妈妈!春天落在你肩膀上了哎!"循着天籁般的声音,大家的注意力马上被一个小男孩吸引了。只见他从自行车的后座上站了起来,正全神贯注地从妈妈的肩膀上捏起一片又一片花瓣,一脸的灿烂和欣喜。

妈妈回头,笑眯眯地对小男孩说:"春天也落在你肩膀上了呢!"说着,妈妈也轻轻地把孩子头发上、衣领上的粉色花瓣放到男孩手里。男孩捧着几朵花瓣,高兴地说:"我要把春天带到小二班。"

这个小男孩俨然成了快乐的传播源。周围一张张严肃的面庞,瞬间便有了些许温暖,眼神竟也变得柔软。而我,也收获了一份美丽的心情。遇到一个有趣的小朋友,以及一位眼里有爱的好妈妈。他们是互相看见的,看见世界的美好,看见彼此的快乐,并且集中了所有的注意力去享受那份快乐和欢喜。

原来,我们熟视无睹的世界在孩子眼里是如此的美丽。原来一个庸常的日子,我们也会因为这样的一次相遇而心生明媚。原本,这样的快乐我们曾经都有,是从哪一天,我们丢了这份快乐呢?

小时候,谁没有捡过色彩缤纷的树叶?谁没有收藏过五颜六色的糖果?谁又对这个世界没有过好奇?长大后,我们就有了烦恼,我们渴望拥有好的工作、豪华昂贵的汽车、面朝大海的房子……我们与内心的追求纠缠不清,对世界的感知也变了。

我们每天活得战战兢兢，如履薄冰；我们不抛弃，不放弃地奔波，却始终与自己的愿景有一步之遥，难以触及；我们总想变得更好，却又不尽如人意。慢慢地，我们眼中多了厌倦和糟糕，挣扎和苛求，少了快乐和惊喜，生机和希望。我们丢失了儿童般的睡眠，也丢失了儿童般活在当下的专注，很多美好我们都习以为常，我们丢掉了发现美的眼睛，失去了发现美的能力。

其实，生活处处有美好。比如这样的一次相遇，忽然触及内心的那一处柔软，是一种美好；奔波一天，妻子为你做好的一菜一饭，是一种美好；周末，父母等你回家，是一种美好；遇到兴趣相投的友人，对你倾囊相授，是一种美好；对辛苦的快递员说声感谢，也是一种美好。这些美好，会在某一刻，忽然将你唤醒，把你照亮。你每天为了理想和家人打拼，即使跌跌撞撞，也会有爬起来的勇气，也会更加坚定自己的方向。正如中村恒子在《人间值得》中所说，对于工作和生活，我们应该少攀比和计较，放下对别人的期望和执着，就会获得更多的快乐。人生不必太用力，坦率地接受每一天。

这样，我们就会少些林黛玉式的愁绪与叹息："花开花飞花满天，红消香断有谁怜？"少些黄庭坚式的惆怅与失意："春归何处？寂寞无行路。"而多些王维式的从容与淡泊："行到水穷处，坐看云起时。"我们就会抚平心灵的皱纹，更容易地完成对自己的摆渡，像孩子那样快快乐乐地去努力，专心做三四月的事，等待八九月的答案。人生的春天说不定就会落在你的肩膀上。

别处有风景

晚上，学校的操场里很多人在散步，走在操场上，仰望夜空，星星点点，幽深静谧。操场里的跑道线，圈圈清晰可辨，人们沿着最外圈开始走，一圈刚好400米，由外向内走完，刚好八圈3200米，比计步器准确多了。

那天去操场的路上，遇到本校一个认识的朋友，互相寒暄之后，她笑笑说，我很少去操场，一般都是去外面走一走。听她一说，我们也真的注意到，果然很少遇到本校的老师来这里散步。

我们真的是这样，对身边拥有的，往往熟视无睹，或者渴望逃离，而选择一个未知的，没有那么多期待和要求的，称为轻松的地方。

周末，城里的同学经常相约，带着老婆孩子，一起去乡下王同学的果园。王同学的果园里，种着各种果树和新鲜蔬菜，春天大家会去赏梨花、桃花，夏天去摘紫红色和白色的桑葚，紫色和黄色的樱桃，秋天去摘鲜亮的苹果、梨，一年四季都可以吃上无公害蔬菜，那里成了大家的世外桃源。这次王同学说自己在城里买了学区房，下周请大家去新房坐坐。大家都问他跑到城里去凑什么热闹。他笑笑说，为了孩子啊，城里学校的条件好，考高中还可以自主择校，假期还可以去市图书馆看书，这古代不是还有孟母三迁吗？

原来，我们都是别人的风景。无论是远方的诗意，还是近处的人间烟火，都是风景的一种。卞之琳说，你站在桥上看风景，看风景的人在楼上看你。用心看看风景吧，看远处，看身边，只要心中有景，日子就会闪光，哪里也能对酒当歌。

如果被套会说话

天气很好，我决定换洗一下床单被套。换下来洗上，然后去找一套替换，就看到了那套花色极好的四件套，安静地躺在衣橱里，等待我来认领，我莫名的一声叹息。

一年前，商场一次床品优惠活动，这四件套就铺展在床上，看到它的第一眼就喜欢上了，尤其被套的设计，两边及其床尾部分设计了宽10厘米左右的带皱褶的花纹装饰，风过时，临风飞扬，灵动飘逸。我问了尺寸，跟家里的被子正好贴合，于是毫不犹豫地买了。

结果，在套被子的过程中，我渐渐发现问题。首先，仅仅多了10厘米的边沿，整个被套竟然变得沉重，套被子时，四个角即使固定，整个被子在被套里松松垮垮，极不和谐，那个好看的皱褶装饰也显得多余。关键是盖在身上，没有那种贴合的暖意，里子和被子没有熨帖，人与被子也有了隔阂。所以用了一次之后，换洗放入衣橱，再也没有用过。

今天再次看到它，我突发奇想，把多余的部分拆掉，回归一个被套的简约。说干就干，我用剪刀把多余的部分裁下来，然后开始用针把被套重新缝合起来。坐在沙发上，我一针一针地缝，窗外的阳光一寸一寸移到我的身上，忽然觉得时光就这样缓缓地慢下来，似乎无所事事，又似乎格外充实。

我想起有一次，87岁的婆母问我："家里有些粗布，是我当年手织的，你要不要？"我毫不犹豫地拒绝，不要不要。半个世纪前的粗布，我真的想不起来，自己拿来可以干什么。今天，就在这一针一针地缝合中，我忽然感受到一种成就感，也懂得了婆母收藏了那么多年的心意，那一针一线中，是织进了她的烟火生活的，是织进了她曾经的热情和爱意的吧。

我又想起，当年中考预选后，所有预选上的同学都要集中培训，我需要搬着被褥去学校住宿。母亲把一床被子拆洗后，一边缝被子，一边跟我闲聊："这床被子是你哥哥姐姐用过的，他们都考学走了，现在到你了，你盖着它，也能考上。"母亲就那么有一搭没一搭地说着，而我似乎什么也没说，但是当年我真的考上了师范。现在回想，在母亲的一针一线中，是缝进了对儿女的祝福的。

在慢下来的这个上午，我就静静地缝着一床被套，看它在我手里，从烦琐婀娜变得凌乱不堪，然后又变回素洁简单的样子，犹如一个卸下了厚厚妆容的女子，洗尽铅华，回归本来的面目。完成变身后，我在里面四个角缝上了一根细细的系带，然后套上被子，与被子固定在一起。平展到床上，发现被套终于和被子贴合在一起，四件套终于以一种舒服的方式绽放。

而我也被它现在简单而静止的状态所吸引和触动。是的，如果被套会说话，我相信它会感谢我，感谢我帮它减去负累，虽然没有了繁花招展，生命却变得充实而圆满。而我们，是不是也和被套一样，在漫漫红尘中，被太多的负累和追逐所束缚，那些鲜艳的光环，迷乱着我们的眼和心，让身心都变得沉重而艰难，从而忽略了身边的美好，忘记了自己的初衷？

也许有一天，我们最终会完成心灵的审视和叩问，最终会像被套卸下那些束缚，学会慈悲，学会宽容，学会与简单而平庸的自己握手言和。

消失了的母校

初中同学毕业30年师生聚会，集合地点就定在当年的母校。一时感慨不已，30年真长，青春已不再，额头已染沧桑。

来到当年的学校，引来一片唏嘘。那条通往学校门口的碎石小路，竟然还在，只不过改成了通往门侧的小游园。当年，同学们多少次结伴走过那条弯弯的小路，闲闲地踢着石子，一切都印刻在记忆里，清晰可见。路没变，变了的是当年走过的人，已经不再青春年少。

母校里多了新起的建筑，宽阔的柏油路，却再也没有朗朗的读书声，没有孩子们下课后的喧闹，传来的只有机器的轰鸣。乡镇初中合并，如今的母校已成为某同学的厂房。走过一排排厂房，竟然还能找到我们当年的教室，那个我们坐过，站过，幸福过三年的角落。透过一扇扇窗，浮现一幕幕往事，依稀看到班主任在讲台上说着那句："坦白从宽，抗拒从严，没完成作业的举手。"依稀看到那些一起疯一起闹一起哭一起笑的同学……学生时代的一切都回到了眼前，世俗而温暖。

30年前，这里是全村的最南端，出了校门就是田野。每当校园里钟声传出，在田野中劳作的人们，会停下手中的农活，往学校里看一眼，虽然看不到自己的孩子，但是他们知道，那响彻整个村庄的喧闹声里，有自己孩子的笑脸，那朗朗的读书声里，有自己孩子的声音。望着学校，就望见了他们的希望、他们的未来。学校里换了多少张笑脸，就代表着多少个家庭的希望。

放学钟声响过，就热闹了整个村庄。从学校里出来的孩子，分头走向不同的方向，那时没有统一的校服，穿的大大小小不合身，也许是捡的哥哥姐姐的，甚至是父母的，却依然幸福快乐。如果赶上乡村大集，还可以三五成群从琳琅满目的商品前经过，饱饱眼福。最幸福的事是放露天电影，晚自习放学后，提前约好的同学跑着赶往场地，去赴那场等待了好久的电影之约，即使已反复看过，依然热火朝天，心潮澎湃。即使没有电影的等待，大家走出校园，走过田野，满天星斗闪烁，一路月光陪伴。那时，大人没有那么严苛，孩子没有那么焦虑，一切都是慢悠悠的。

如今，走入乡村，远远会看到整齐的楼房，看到干净的街道，看到在门口闲聊的老人，却唯独缺少了满街跑的孩子，没有了远远传来的读书声。整个乡镇，只有一所初中，几所小学，很多孩子被父母送到了城里，去接受更好的教育。寂寥的母校，只剩下了机器的轰鸣。

母校，成了我们心头的记忆。繁华的乡村，没有了学校，竟让人觉得有些寂寞。

第三辑　悦评空间

你触摸了我

相比于电影《芳华》，我更喜欢原著。《芳华》着意记录那段年轻过，燃烧过，相爱过，也被践踏过的岁月。而原著，却要丰满得多。据说封面舞蹈人物的剪影是作者严歌苓年轻时跳舞的留影，而芳华两字的中间，那几个英语词汇"You Touched Me"，便是严歌苓最初的小说题目——你触摸了我。

触摸事件贯穿全书，围绕着触摸事件的，是无数个碎片式的记忆，无数个历经沧桑之人的坎坷命运。触摸事件彻底改变了几个人的命运，那不是单纯几个人的伤痕，而是整个时代的伤痕。

最能代表时代伤痕的是男主角刘峰。文工团的人称他为雷又锋，因为他补过墙壁、堵过耗子洞、给炊事班的马班长打制过沙发、给文工团的女兵们做过甜点……"有困难，找刘峰"，大家麻烦刘峰理直气壮，理所当然。刘峰成为全军学雷锋标兵，成为神坛上的英雄，是别人眼中没有缺点的大好人。

刘峰一直喜欢林丁丁，明里他帮助所有人，暗里他更关照林丁丁。他隐藏着自己对林丁丁的情感，默默看着林丁丁的梨涡浅笑，等着林丁丁入党提干。只有在自己的深情里，他才是有血有肉的刘峰，是流露出本我的刘峰，然而这种爱却让他的命运发生转折。

因为触摸了林丁丁，因为林丁丁的那句救命，刘峰被批斗了。出事后，再没人记起刘峰的好。萧伯纳说过，人类有两出悲剧，一出是肆意妄为，一出是万念俱灰。这样的集体批斗，相比于鲁迅先生笔下那些麻木的看客，更让人感到压抑。刘峰最终被下放到伐木连当兵，之后又到了中越前线。他是抱着求死之心去的，结果丢掉了那只触摸了林丁丁的右臂。

或许每个男孩心里都有一个林丁丁，即使深情错付也无怨无悔。林丁丁最大的梦想其实是成为某首长的儿媳妇，没有成功之前，她还在摄影干事和离婚的内科医生之间周旋。她是具有双重人格的林丁丁，很好地利用了自己演员的特长，在那个冰冷的时代生存。可刘峰看不到现实的林丁丁，他只爱心里的林丁丁。

围绕着触摸事件的另一个女生是何小曼，也就是电影《芳华》中的何小萍。何小曼不同于林丁丁，她一直都记得刘峰的触摸，这温暖了她的一生。何小曼四岁时，父亲自杀，六岁时，母亲带着她嫁给老干部何厅长，她一直生活得小心翼翼。在一次偷听事件之后，何小曼被继父指责，她吓得高烧七天，而这次高烧让她再次获得了母亲的怀抱。从此，生病成为她保护自己的模式。

为了得到一件亲父亲给母亲买的红绒线衫，何小曼几次与妹妹明争暗抢，结果衣服还是到了妹妹手里。她不甘心，用自己的手段拿到那件红衫并将它弄成黑色的。被发现后，全家的指责，母亲的耳光，让何小曼想起十年前的高烧，于是，她泡冷水澡让自己生病，以获得母亲的理解。

实际上，何小曼是被家庭抛弃的人。走出原生家庭，来到文工团后，何小曼又遭遇冷落。因为爱出汗，舞伴拒绝托举她，嫌弃她是馊的。刘峰就是在这样的情景下走到何小曼身边，成为她的新舞伴。所以，对于刘峰的搂抱、触摸、扛在肩头的舞蹈动作，何小曼是有另一份感受的，她感到安全，踏实，甚至想起了自己的父亲。刘峰是她内心的一束光，让她借此走出缺爱的黑暗。

没有被善待的人，最容易识别善良，也最懂得珍惜。刘峰出事后，何小曼是唯一不说他坏话的人，她假装高烧，就是要把自己看不懂的世界推开，把自己不喜欢的集体推开。她被下放到野战部队，后来因为拯救战友成了英雄。

一个从来不曾得到过爱的人，会有两种可能，一个是再也不相信爱，心中充满憎恨，还有一个就是继续相信爱，一旦上天给了她幸福或者幸福的可能，她就会比任何人都知足，也更珍惜。刘峰是这样的人，何小曼也是。刘峰身患重病的时候，是何小曼一直陪伴他，没有爱情，只有懂得。

电影《芳华》的结尾，是刘峰与何小萍的相拥，那是冯小刚式的团聚。而原著的结尾，是何小曼给刘峰主持追悼会，那是严歌苓式的别离。何小曼始终不是刘峰心里的林丁丁，刘峰却一直是何小曼心底的刘峰。

母爱绵绵无绝期

暑期热剧《我的前半生》圈粉无数，街头巷尾议论的都是它的剧情。从十几岁的小女生到 80 岁的老太太，都成了该剧的铁杆粉丝。家庭、职场、闺蜜、情敌，各种关系错综复杂，而薛甄珠绵绵的母爱，也深深戳中了人们的泪点。

我第一次看该剧时，刚巧薛甄珠大呼小叫地带着子群去子君家"借钱"，穿的大红大绿，抹着鲜艳的口红，脖子、手上佩戴着各式首饰。最后，她离开时，带走了子君的包包和披肩，满脸的市侩贪婪。说真的，估计很难有人喜欢她，甚至会鄙夷她，真是让人大跌眼镜。

可是随着剧情的推进，薛甄珠的母性显露无遗。当得知子君遭遇小三，陈俊生要跟子君离婚的消息时，薛甄珠赶到屋里，狠狠羞辱了凌玲一番，试图替女儿出一口恶气，给女儿讨回公道。后来她为了子君，跑到唐晶家里，希望唐晶把贺涵让给子君。那时的她不讲道理，无所顾忌。

当知道子群的丈夫白光滋生事端，醉酒住院时，她即使嘴上再多的恨铁不成钢，也还是为白光交了住院费。因为她知道，白光纵有千般不是，也是自己女儿的丈夫，是自己的半个儿子。生活中，她更是无条件地接济子群一家。她从子君那里拿走的包包和披肩，都给了子群，还说是姐姐送给她的。

看到这里，很多人对薛甄珠的态度已经有了 180 度的转变。她是一个视两个女儿为自己生命，为了两个女儿抛弃尊严，抛弃脸面，一次次在女儿出事的时候冲锋陷阵的妈妈。那样绵绵不绝的爱，已经彻底颠覆了她的爱慕虚荣，刻薄市侩，让所有人都觉得，她就是一个真实的母亲，就是你和我的母亲。

　　有一位朋友说起她的母亲，极少来城里，来了也总是惦记老家的儿子，对自己的孙子孙女牵肠挂肚。她每次看到女儿衣橱里的衣服，就说，那么多衣服，你穿得过来吗？穿不了的给你弟媳吧？她看到家里的任何东西，都会说给你弟弟些吧！朋友说，母亲怎么那么偏心。同样是自己的孩子，母亲为什么会偏袒另一个呢？或许只是因为，你在母亲眼里已经生活富足，而你弟弟却仍然捉襟见肘。她坚信你在城里的累，总也累不过面朝黄土背朝天的弟弟！看看，我们的母亲是不是薛甄珠呢？

　　《我的前半生》中，十年的爱情散了，更多年的友情也散了。唯独那份浓烈的母爱，你要或不要，她就在那里，那么盲目，那么执着，那么掏心掏肺，那么小市民气，那么低到尘埃里……

草根的梦想也会开花

电影《怪兽大学》其实就是一个江湖，里面发生着许多平凡的故事，也许观影的人都能从里面找到自己。而《怪兽大学》吸引我的是里面的人生哲学和教育故事，上帝不会偏爱谁，也不会辜负谁。只要你不断努力，草根的梦想也会开花。

小怪兽大眼仔是一个有梦想的草根，它身上有很多"只有背影，没有背景"的普通大众的影子，长相平凡，没有天赋，家庭普通。它曾经满怀憧憬地走进理想中的大学——怪兽大学惊吓学院，想努力实现自己的梦想，以后做一名惊吓专员，却被人们的刻板印象处处碾压。这些人中有代表权威的院长，也有大眼仔的老师，还有它身边的朋友。它们都认为大眼仔长相讨喜，萌态十足，根本不是干惊吓专员的料。惊吓员，不是首先应该长相吓人吗？

被标签化的大眼仔，经历过低落和迷茫，经历过被开除，却始终坚持心中的梦想，没有自暴自弃，而是脚踏实地"向上生长"。它不断努力，发挥自己的优势，终于赢得了所有人的喝彩。当我们都以为它会理所当然地再次成为怪兽大学的学生时，却迎来一个完全意外的结局——仍然被开除。面对再一次打击，它重新定位自己，踏踏实实从基层干起，最终实现了自己的梦想。这也许才是真正的现实，没有童话，却让人看到了努力的美好。

这部动画片带给观众满满的感动，因为大眼仔努力踏实的样子，有一种积极向上的力量，代表了很多草根平凡的一生。大千世界，社会精英毕竟是少数，多数人都生而平凡，都在通过打拼改善生活，实现自己的梦想。面对别人的冷眼和不看好，我们唯有像大眼仔一样，拼尽更多力气，付出更多努力，去赢得生存的尊严，获得更好的工作，看到心中生活最美好的样子。生活，从来不会辜负努力向上的人。

教育生活中的偏见并不少见。作家毕淑敏读中学时，音乐老师因为她唱歌跑调，而不让其发声唱歌，以至于毕淑敏在很长时间里，不仅仅再也没有唱过歌，就连当众演讲和出席会议做必要的发言，都会在内心深处产生剧烈的恐慌。这件事成为毕淑敏一生中的负性事件，在她成为心理咨询师之后，才慢慢得以疗愈。

有一个父亲经常指着自己儿子的头骂他："你这个无用的家伙，你这个败家子。"在父亲长期的责骂下，儿子终于支撑不住，结交了一群不良社会青年。当派出所民警站在父亲面前，把孩子的话转达给父亲："我爸爸不是说我是败家子吗？我就败给他看看。"不知道父亲有没有后悔。刻板印象，标签化，这是教导和养育过程中最可怕的事。不是每一个人都能成为大眼仔，不是每一个人都能承受住严苛的打击。

《怪兽大学》告诉我们，每个人都应该心怀梦想，但是实现梦想的路上会有很多挫折，只要不给人生设限，哪怕别人都不看好你，只要踏踏实实地一直坚持和努力，一定会有奇迹发生。再平凡的草根，梦想也会在现实中开花。

朝圣之路，修复之旅

读蕾秋·乔伊斯的《一个人的朝圣》，几乎是一气呵成。

朝圣之路，是 65 岁的退休老人哈罗德，在压抑了大半生之后，跟世界求和之路，是他灵魂的救赎之路。

哈罗德 13 岁被母亲抛弃，父亲酗酒，家里频繁换"阿姨"。他 16 岁生日那天，被父亲赶出家门。人到中年，儿子患抑郁症自杀。之后夫妻关系疏离，形同陌路。

87 天，627 英里（1 英里≈1.61 千米）的徒步之旅，源于一封信。这封信来自 20 年未见的异性老友奎妮，她身患癌症，写信告别。这封信唤醒了他 20 年的记忆，对于因为替自己顶罪而被开除的奎妮，一封回信，怎么都不能表达自己的心意。

于是，哈罗德横跨英格兰的千里跋涉开始了。这横跨英格兰的朝圣之路，不光延长了奎尼的生命长度，安慰了奎尼孤独的灵魂，更解放了哈罗德刻意回避的记忆，修复了自己多年的愧疚。

在行走中，他穿过一个又一个人声鼎沸的城镇，走过一条又一条寥落的公路，他开始审视自己的前半生。他回忆起父亲的一生，多了同情，少了埋怨。他回忆自己与儿子戴维相处的点点滴滴，知道自己很爱戴维，却不知道怎么爱他。他回忆与妻子莫琳的爱情，理解了莫琳的冷言冷语，也懂得了自己的低到尘埃。

哈罗德的不辞而别，也唤醒了妻子莫琳。自从儿子戴维自杀后，莫琳就用窗帘将她和外面的世界隔绝。她过滤掉和哈罗德的爱情，每天用

113

忙碌掩饰自己的空虚，直到哈罗德不辞而别。她开始想念那个坐在椅子上一动不动的哈罗德，担心他会死在路上，担心他会爱上奎妮，担心他不再回来。她坐在哈罗德的床上，翻开搁置已久的相册，看到儿子骑在哈罗德肩上，哈罗德努力保持身体平衡；她看到父子俩肩并肩站着，知道他们都曾经努力走向对方。

  她开始反思自己过去的生活，渐渐看清两人之间的裂痕是怎样形成的。终于，她鼓励哈罗德坚持走下去，鼓励哈罗德完成自己的朝圣之路。书的最后，两人拉着对方的手回家。不得不说，这也是莫琳的朝圣之路，修复之路。她终于与过去握手言和。

  温情的确会比攻击更容易诱发人的悲悯。学会倾诉，学会倾听，学会释怀，学会接纳，便会赶走悲伤，留下温暖。每个人都在生活中跋涉，做着人生路上的朝圣者。所以说，哈罗德就是我们，我们也是他。

一触生情，死生契阔

《恩宠与勇气》是美国后人本心理学代表人物肯·威尔伯与他妻子崔雅合著的一本书。生者的回忆和死者的日记交互穿插，既展现了一段惊心动魄的爱情故事，又还原了他们对生命与死亡，疾病与治疗，肉体与心灵，智慧与宗教的探索过程。

合上书，眼前仍然浮现的是崔雅的那句话：痛苦不是惩罚，死亡不是失败，活着也不是一项奖赏。

首先，这是一个爱情故事。1983年8月3日，美国后人本心理学界的天才威尔伯与美丽聪慧的女子崔雅一见钟情，他们都认定对方是自己寻找了多年的灵魂伴侣。两周后威尔伯求婚，四个月后结婚。结婚10天，崔雅被诊断患了乳癌。

浪漫的爱情喜剧，变成两人相互扶持的抗癌故事。五年的煎熬，漫长而艰难。五年里，崔雅由右胸肿瘤，逐步扩散至左胸，最后是脑部和肺部恶化，外加糖尿病、肝癌，终而不治。

在这五年里，有爱的承诺和恐惧，有痛苦和折磨，也有互相伤害，互相怨恨，互相责难。除了不断地求诊与手术，他们更专注于灵修，并在灵修中共同成长，也让生命绽放芳华。他们互相照亮了对方，支撑了对方，温暖了对方，成就了对方。

什么是"恩宠"？它是一种感激之心。什么是"勇气"？它是一种自我舍离的豁达与超然。他们因为恩宠而结合，也因恩宠而埋葬自我。

这本书，教我们如何生活，也教我们如何离去。崔雅在一次次放疗、化疗中，从满怀希望到失望，噩梦接踵而至，生活给她一次次打击。有愤怒与颓废，有拒绝与委屈。最终她不再疏离与孤立，开始臣服接纳，最后与乳癌、脑癌、肺癌、肝癌、糖尿病等和平相处。

死亡激发了崔雅的力量，静修带来心底的平静。不再思前顾后，活在当下就好。崔雅理解了威尔伯在陪伴过程中的压力，威尔伯也更忍耐崔雅对他的控制。

这本书，因为真实而更感人。它是病人与照顾者的指南，是对生命意义的理解和检视。在最艰难的阶段，他们借助心理治疗，帮他们挽回婚姻，也让我们体会到，不抗拒，不选择的达观心态，就是自我疗愈与修复自己的关键。

"被接受，就是恩典。接受这一事实，才是勇气。"经历了无数风雨，最终却迎来离别，这让我们哀伤落泪。一触生情，死生契阔，却是他们留给我们的勇气与恩宠。

与自己和解，跟世界相爱

《瓦尔登湖》是美国作家、哲学家梭罗的作品。他独自一人在瓦尔登湖畔，远离尘嚣，隐居两年，自耕自食，体验俭朴生活。或耕种，或钓鱼，或读书，他离群索居却又陶醉其中。

他听过夜鹰美妙的歌声，猫头鹰的悲鸣；看过潜鸟与他游戏，松鼠与他争食；观察过蚂蚁之间的战争，大雁的南飞与北归；记录湖水的封冻日，春天来临的脚步。他与大自然的一切和平共处，温柔地对待彼此。

两年的时间，他将身体和灵魂行走于山水之间，放逐于自然田野。两年，他像旁观者一样观察自己，像旁观者一样观察万物。

他的身体和灵魂得到了自然万物的滋养，他把自己与大自然融为一体。他惊叹于大自然的鬼斧神工，敬畏大自然的一切生命，他接纳自己的特立独行，也宽容自己的渺小平庸。

在瓦尔登湖，他完成了与自己的和解，也开始与世界相爱。

总有一些人，为自己活过。梭罗是，陶渊明是，嵇康是，王维也是。他们在大自然中，寻觅证实自己的疑问和答案，探索自我，探索生命，反省，内观。

一处山水一桃源。每一处桃花源里，都有陶渊明的影子，也都折射着每个人心中的桃花源。"采菊东篱下，悠然见南山"，是陶渊明与大自然的完美融合。嵇康从容赴刑场，夕阳在天，人影在地，没有鲜花与不舍，只有屠刀与叹息。他为自己而活的世界里，留下的是自己的坚持。王维的"行到水穷处，坐看云起时"，山穷水尽，无路可走之时，放下追

117

寻之心，坐下来看看云。空间上的绝路，没有影响时间上的延续，希望最终取代绝望。他们都留下了生命的风范。人，应该用什么方式生活？

世间，总有一片净土；心田，总留一方圣地。无须真正寻一处山水，无须真正离群索居，只要我们的心有了桃花源的入口，就悄然进入了心中的桃花源。

瓦尔登湖，是梭罗现实中的桃花源，《瓦尔登湖》是他留给我们心灵的桃花源。现实的桃花源已渐行渐远，而心灵的桃花源却不期而至。

灵魂的摆渡人

《摆渡人》吸引我的，首先是它封面上那句："如果我真的存在，也是因为你需要我"。这句话很有疗愈效果。

这是一个有关心灵成长的故事。迪伦有个糟糕的原生家庭，父母离异，青春期没有父亲的陪伴和认同，有的只是与母亲的争吵与抗争。她的成长，缺少支持，缺少爱。她有对过往的后悔与抑郁，也有对未来的焦虑与担心。她决定去看望久未谋面的父亲，却在路上突发交通事故。她拼命爬出火车残骸，却惊恐地发现自己是唯一的幸存者，而眼前竟是一片荒原。

此时，一个男孩——摆渡人崔斯坦出现了。他说："你的身体是你心像的投射，荒原也是。"迪伦的荒原阴雨绵绵，雾霭沉沉，沼泽泥泞，群山重叠，正如她的忐忑不安，手足无措。

而崔斯坦像一束光，给她温暖、陪伴和指引。崔斯坦让迪伦接纳自己已经死去的事实，带领她勇敢地穿越荒原。每当迪伦追悔过去，或者为未来而焦虑，崔斯坦都会及时鼓励她，无声无息地拉她回到现在，没有偏见，没有嘲讽，只有尊重。所以，毫无悬念地说，崔斯坦是迪伦从人间到天堂的灵魂摆渡人。他让迪伦学会接纳和宽容，学会面对挫折和困境，学会战胜荒原恶魔。

而迪伦也开始了解摆渡人的人生，痛苦着崔斯坦的痛苦，忧伤着崔斯坦的忧伤。崔斯坦如一道光芒，温暖了迪伦那颗缺爱的心灵，而迪伦的纯洁善良，勇敢坚定，也安顿了崔斯坦日渐淡漠的心，重新激发了他摆渡人的工作热情，遇到迪伦对他是一种唤醒。

所谓的高山流水，不过是在另一个人身上看到灵魂深处的自己。他们在穿越荒原的过程中，给予了对方生命最丰厚的滋养，他们喜欢上了对方。他们互相懂得对方的想法和困惑，他们眷恋在荒原上每一天每一晚的交谈。所以在荒原和天堂的界线，他们互相表白，崔斯坦谎称自己会陪伴迪伦跨过界线，内心却怅然若失。迪伦在崔斯坦的承诺下，勇敢地跨入天堂，才发现崔斯坦永远无法跨过那道界限。

迪伦开始恐惧，焦躁，不安。在天堂的几个小时，是她自我分析、自我觉察、叩问心灵的开始。她一次次问自己，到底是在天堂等待亲人到来，但永远等不到自己的爱人崔斯坦，还是重返荒原去寻他。这是迪伦独立思考的开始，也是她完成成长蜕变的过程。这个过程既纠结痛苦，又刻骨铭心。这时的迪伦已成长为自己的摆渡人。

重返荒原，没有了摆渡人的灵魂，随时会被恶魔吞噬，而内心坚定的迪伦，一次次战胜恶魔，终于与崔斯坦重逢。崔斯坦面对失而复得的爱情，开始思考和重新定位自己的生命。面对迪伦重返人间的建议，面对所有的未知，崔斯坦选择追随自己的内心。那份信念支撑着他们，终于从荒原返回人间。迪伦也成了崔斯坦从荒原到人间的摆渡人。

这部小说打破了我们从小对生死的认知，它真正要表达的或许不是超越生死的爱情，而是告诉我们，每个人都有自己的摆渡人，每个人也都可以成为别人的摆渡人，而最终，自己才是自己的摆渡人。

爱的乍见之欢到久处不厌

如果说《摆渡人》是一部心灵成长史,《摆渡人2》便是一部爱的修复史。

回到现实中的迪伦,再次见到母亲琼,虽然只是几天没见,母亲却似年逾百岁,迪伦没有任何征兆地热泪盈眶。她懂得了琼的沧桑,以前对琼的抱怨,跟琼的争吵,都烟消云散,一声"妈",释放了她心底的爱,琼对迪伦的爱也得到了回馈。这是母女关系修复的开始。

琼对迪伦和蔼可亲,体贴入微,关怀备至,对迪伦的父亲詹姆斯,却冷若冰霜,咆哮怒吼,冷嘲热讽。迪伦对父爱的渴望与期待,让琼措手不及,怅然若失,又不得已作出让步,同意詹姆斯来看望迪伦。全家人第一次见面,是家庭关系破冰的开始。詹姆斯面对琼不再如履薄冰,而琼也不再举止生硬。对迪伦的爱,让琼和詹姆斯之间联系增多,他们重新回到了父亲母亲的位置,开始了爱的疗愈。最后两人和好如初。

迪伦和崔斯坦在不能改变父母的时候,选择做好他们自己,慢慢地,对方也都变得更好,也都慢慢向爱靠近。这就是爱的扰动与修复。

有多少人的爱情败给了现实?在漫长的相处时光里,日积月累的误会、忽视、怠慢,不知不觉就击毁了彼此,忘记了爱的初衷。而崔斯坦和迪伦的相处,或许能给大家很多启示。

崔斯坦在摆渡迪伦的灵魂之前,就了解了她的家庭。来到现实,迪伦的母亲琼对他怒目而视,喋喋不休,满腹狐疑。他选择视若不见,置若罔闻,甚至心怀感激。因为他能感受到琼对迪伦的担心和保护,也能理解琼对他的戒备和排斥。

迪伦看崔斯坦全神贯注，设身处地。崔斯坦在荒原上不睡觉，不吃饭，不喝水。他的生活，没有年轮记录，摆渡过的灵魂，不可计数，工作无休无止。迪伦带他来到自己的世界，与他的世界格格不入。迪伦看崔斯坦轻而易举地摆脱了荒原的桎梏，也觉匪夷所思。她带领崔斯坦尝试他未曾体会的一切美食，带他去她的学校读书，带他去参加万圣节舞会。她想起自己在他的世界兵荒马乱，而崔斯坦依然像在荒原上一样从容不迫。崔斯坦给了迪伦阳光般的爱，给了她一颗柔软的心。

面对迪伦父母的责难，崔斯坦选择坦诚争取。面对迪伦学校的幼稚孩子，他选择与他们和平相处。他的眼里只有迪伦，只要能跟迪伦在一起，他选择自觉融入迪伦的世界，适应迪伦的世界，没有伪装，没有强求，因为他的初衷就是跟迪伦在一起，即使周围的一切不那么完美，他也乐得不吵不闹，相看两安。

从《摆渡人》中迪伦不被看见，不被听见，一味退缩，到《摆渡人2》中，被崔斯坦所看到，听到，关照到，她完成了自己的救赎，也带动了家庭的修复。

爱是一辈子的福祉，学会爱，则是一生的修行。从爱的乍见之欢到爱的久处不厌。我想这本书的主人公做到了。

把每一首音乐都当成终曲

《坂本龙一：终曲》正在中国上映，豆瓣上几万人看过，评分竟高达8.8分。这部关于坂本龙一的纪录片从2012年开拍，直到5年后才完成制作。2017年在威尼斯电影节首映时，现场观众起立鼓掌，掌声经久不息。

坂本龙一，世界级音乐家、电影配乐大师，是亚洲年轻人的共同偶像。他的音乐作品曾获得奥斯卡金像奖——最佳电影配乐奖、美国电影电视金球奖——最佳电影配乐奖、格莱美最佳影视配乐专辑奖，他的音乐具有强烈的吸引力和感染力。

在纪录片《终曲》中，可以看出坂本龙一对待音乐的态度："万物皆音乐"，坂本龙一随时随地都在收集和记录自然界的声音，并适时写入自己的音乐作品。走在街道上，孩子的笑声、哭声他会记录下来，巡逻车鸣笛而过的声音他会记录下来，夏季的雨声他会记录下来，秋天，走在林间小路上，踩在干爽的枯叶上飒飒的脚步声，他会记录下来。冬天，冰雪融化的声音他会记录下来。为了收集声音，他去过非洲原始部落，记录那里天籁般的歌声，去过肯尼亚的湖泊上采集自然之声，他去巴厘岛，当地人在鸽子脚上系上鸽哨，放飞鸽子，鸽哨发出忽远忽近的声响，和悠悠的风声、森林的声音混在一起，在他看来，那是大自然最美的音乐。

坂本龙一的音乐空灵脱俗，他也被誉为日本音乐教父。日本NHK电台采访他时，记者问他："教授先生，您是如何创作出那么多震撼人心的曲子的？"67岁的坂本龙一说："只是因为热爱。我不知道自己能活多久，所以总是把自己的作品当成终曲来创作，希望留下一些我离世之后还有人听的音乐。"

　　用一生去热爱，用匠心求极致，把每一部作品当成最后一部来谱写，这样不懈追求至臻至善的工匠精神，成就了坂本龙一，他谱写了大量具有生命力的作品，也奠定了他在日本乃至世界音乐界的应有地位。

绝境的隔壁是天堂

我读完《岛上书店》，对那个痴狂爱着纸质书而拒绝电子阅览书的男主角费克里印象深刻。书里说："我们读书，因为我们孤单；我们读书，然后就不孤单。"

人的一生，是不断丧失，不断成长的过程，而爱和被爱，永远是孤独的救赎，是我们成长的原动力。费克里生活在与世隔绝的爱丽丝岛，经营着一家岛上书店。猝不及防的车祸，夺去了他爱妻的生命。他在丧妻的哀伤里无法自拔，靠酒精麻醉自己。而自己唯一值钱的收藏书也遭窃，他的人生陷入僵局，他的内心沦为孤岛。他用自私、冷漠、刻薄和不近人情，来抵抗内心不为人道的孤独感，也伤害了图书经销商代表阿米莉亚。

就在他以为自己的一生就这样孤独下去时，给他生命带来转机的，是一个被妈妈遗弃的两岁女婴玛雅。穿粉红色礼服的玛雅向他伸出双手的瞬间，他重新开始与世界连接，走出心灵的孤岛，也改变了岛上很多人的习惯和命运。从某个角度说，费克里给了玛雅爱和家，玛雅也给了费克里活力和成长。所以，爱让他们从绝境走向天堂。

在这本书里，我们会看到一群普通人平平淡淡的一生，也会感受到跨越国界的浓浓父爱。因为爱玛雅，费克里开始走出心灵的孤岛，主动求助怎么育儿，开始爱上儿童绘本，开始关注读者的阅读品味。照顾生病的玛雅时，他也开始读阿米莉亚推荐的《迟暮花开》，从书中相似的经历，看到了另一个自己，开始面对自己的过往和哀伤，拥有了治愈的勇气和能量，最终再次收获爱情。而玛雅始终没有遭到遗弃的悲伤，相反却被父爱所滋养，得到了受益终生的习惯——喜欢读书。被爱安顿，被爱关注，她拥有了一颗柔软和悲悯的心以及应对挫折和困难的能力，这就是书的力量，这也是爱的魔法。

　　书中说，没有人是一座孤岛。在这个孤岛上，人们学会了爱与被爱，付出与接纳，所有人都在通过爱而发生连接。爱，拯救了从小孤独自卑的警官兰比亚斯，也拯救了在婚姻的绝境中苦苦挣扎的伊斯梅。扣人心弦的故事中，每一个人物的命运，都因为岛上书店和人们之间的连接而变得明朗，人们在帮助费克里的过程中，完成了自己的治愈和救赎，接纳自己的过去，憧憬美好的未来。即使生活中有阴霾，一切都会过去，日子仍然会继续。

　　"无人为孤岛，一书一世界。"每个人的生命都会冷暖交织，会遇到绝境和艰难，而爱会让我们越过那份艰难，走向绝境的隔壁，更有勇气给身边的人带来温暖。

你不是余欢水

最近特别火热的电视剧大概是《我是余欢水》了，连续几天登上话题榜热搜。这部12集的电视剧，戳中了上有老下有小的中年人的心窝，几乎每个中年男人都从这部电视剧里找到了自己的影子。

余欢水在家里受到妻子的抱怨，父亲的逼迫，你也会；余欢水在单位受到领导的刁难，同事的排挤，你也是；余欢水身患绝症，仍然想通过卖器官给老婆孩子留下点钱，你或许也经历过；余欢水的懦弱和忍让连街坊邻居都想欺负他，看轻他，你感同身受；余欢水想自杀，他一个人在大街上崩溃大哭，却仍然压抑自己，哭不出自己的焦虑和抑郁，你被触动，跟着满含热泪。余欢水每时每刻都在某个点，把你代入，你就是这个时刻的余欢水。

所以，你是余欢水。但是，你又不是余欢水。更多时候，抱怨你的妻子也在陪伴你，陪伴你度过事业的低谷，走出抑郁情绪，陪伴你走向医院，又健康回家，陪伴你度过一个又一个生活的坎，却无怨无悔。所以，你不是余欢水，你的她也不是甘虹。每个中年人的人生都是忙乱的，身体透支，工作、生活压力巨大，忙碌到怀疑人生，却不得不苦苦支撑，熬过一天又一天。而这一切，何尝不是我们赖以骄傲的资本？谁的生活不是一地鸡毛呢，只不过我们选择性地看到了别人的光环和荣耀，忽略了别人背后的煎熬和努力。

被误诊为癌症，是压倒余欢水的最后一根稻草，也是余欢水获得新生的契机。"疾病是身体发来的情书"，正是这封情书，让余欢水深刻地懂得了活着的意义，活着才是硬道理。他开始变得有活力，开始自我救赎，自我成长。从这个角度说，余欢水是一名信使，他的经历如一面镜子，让我们看见了自己，也学会梳理并澄清自己的过去，更加明晰自己的未来。

"一切都是最好的安排！"我们要谢谢余欢水，因为我们每个人都曾经为了自己的梦想和生活而奋斗过，想成为更好的自己。所以，做那个获得新生的余欢水，即使遭遇打击，心有迷茫，依然热火朝天地坚持，爱你所爱，行你所行，无问西东。

写给时光的情书

读完《我们仨》，我重新认识了杨绛，无关钱钟书，无关《围城》。那是去掉了所有光环的杨绛，字里行间可以感受到她的知性、优雅、安静。

书的咖啡色封面上，简简单单三个字"我们仨"，安安静静，带着岁月的味道。年轻人与这本书相逢，也许会不以为然。中年人与这本书相逢，也许就会泪流满面。

这本书，从一个梦说起。杨绛与钱钟书出去散步，说说笑笑间，钱钟书不见了。杨绛四处寻找，总找不见。惶惶然中惊醒，却发现钱钟书正在酣睡，失而复得的杨绛，等钱钟书醒来，埋怨他在梦中自顾自地走了，钱钟书没有辩护，只有安慰：那是老人的梦，他也常做。他们是互相懂得的。从始于才华，到最后的默契，他们都深深懂得，并且知道，他们俩老了，会分别。

接着，杨绛用如梦如幻的形式，呈现了一个"万里长梦"。这个梦呈现了很多伤感的意象，古驿道，客栈，古船，垂柳。里面有母女寻找父亲，三人在驿站相聚，梦中有女儿向父母告别，有夫妻之间的陪伴与叮嘱。我们也终于明白，这原来是三个人的生离死别。先是女儿生病去世，接着钱钟书去世。医院成了杨绛梦中的驿站，病房是那些老船，而她的家，是她临时回去歇息的客栈。那些颓败的垂柳，正是生命日渐衰败的亲人。读着，不禁让人泪流满面。

杨绛开始了"我一个人思念我们仨"的现实。那是他们仨的相遇相知，也是他们仨的朝夕相处，更是他们仨的相濡以沫，恰似来自时光深处的情书。

　　这里的钱钟书"拙手笨脚"。不会打蝴蝶结，分不清左脚右脚，拿筷子只会像小孩儿那样一把抓。经常会做坏事，打翻了墨水瓶，把房东的桌布染了，把台灯砸了，把门轴弄坏了，而杨绛说的总是"不要紧"。这里有钱钟书第一次见到钱媛时的得意："这是我的女儿，我喜欢的。"也有女儿小时候对很久没见的钱钟书的排斥："这是我的妈妈，你的妈妈在那边。"这里有他们国外求学时的课业负担与生存压力，也有他们回国后，在大家庭里的磕磕绊绊；有工作中的无奈与寂寥，也有时代变迁中的选择与坚持。

　　杨绛说，他们仨，不止三人。每个人摇身一变，可变成好几个人。钱媛像姐姐像妹妹像妈妈。钱钟书像老师又像孩子。翻阅他们仨的一张张照片，如同参观了他们仨的生活和工作。照片旁边的说明，是一个母亲、妻子对他们仨的旁白。附录中的一封封信和漫画，是三个人的相互叮嘱和安慰。

　　"我们仨"是难得的灵魂伴侣。《我们仨》是一本安静的书，也是写给时光的情书。

活成自己喜欢的样子

读法国马克·李维的《偷影子的人》，感受到满满的温情和疗愈感。小说中充满着成长的忧伤与困惑，读完又让你觉得所有的细水长流和阳春白雪都值得期待，整本书蕴藏着积极的心理学意义。

小说的主人公是一个具有超能力的男孩儿，如果他的影子与别人的影子重叠，他就能够听到或看到别人内心深处最隐秘的伤痛和期待，而他也会借助自己的超能力，为这些人点亮生命的光芒，帮助他们活成自己期待的样子。在帮助别人的同时，男孩也在疗愈、滋养着自己。整部小说都在启发我们，用爱去面对这个世界，每个人都具有爱的能力和成长的动力。

小说从小男孩的转学开始写起，在大片大片的素描和铺陈里，写尽了男孩儿大片大片的忧伤和落寞。转学后的孤独和苦闷，被爸爸抛弃后的自责，盼望与爸爸见面的迫不及待，对自己喜欢的女孩儿的暗恋与牵挂，对竞争伙伴的讨厌与同情，对妈妈的宽容与理解，小说中都表达得淋漓尽致。

在得到和失去中，在成长和懂得中，男孩儿犹如一位心理咨询师，面对身边人的影子，拥有一种安静的力量，拥有倾听的能力，拥有无条件关注的真诚，他用自己的能量关心着身边的朋友、亲人和爱人，并及时帮助他们成为最好的自己。

陪伴小男孩成长的朋友吕克，是一位面包师的儿子。一次偶然的机会，男孩儿从吕克的影子中得知，他的梦想是成为一名医生，而吕克的爸爸却希望他继承自己的面包店，做一名面包师。在梦想与现实之间，吕克选择向现实妥协却又心有不甘。成为一名实习医生后的男孩，帮助朋友吕克走进了医学院，实现了自己的梦想。然而吕克在追求梦想的过程中，却更加清晰地认识到，自己真正喜欢的生活还是做一名幸福的面包师。

  影子其实不是别人，正是我们自己。影子或许是我们内心的某种期待，或许是我们心里刻意回避的恐惧，又或许是我们隐匿在心底的创伤，它可能来自我们的原生家庭，可能来自生存压力。有时，这些挫折和压力会让我们喘不过气来，会让我们在很长一段时间内产生窒息，也许需要很久很久，我们才会长出坚硬的外壳，才会拥有充实的内心，完成华丽转身。

  我们终其一生，都走在认识自己的路上，不但要接受自己身上的光芒，还要接纳我们内心的弱点，直视我们人性中的龌龊，这是值得我们叩问一生的命题。而偷影子的人，只是在遇到你时，始终如一地保持着客观，听你诉说，给予你的心灵更多的接纳，让你不再觉得孤单。如果遇到一个"偷"影子的人，那我们一定要珍惜，他会帮助我们走出阴霾，活成自己喜欢的样子。这个人可能是我们的父母、师长、朋友、爱人，也有可能是我们自己。

为你，千千万万遍

以前说起阿富汗，我想到的是战争、恐怖袭击、塔利班。读了卡勒德·胡赛尼的《追风筝的人》，再听到阿富汗，我觉得有了温度。

《追风筝的人》讲述了12岁的阿富汗少爷阿米尔与他的仆人哈桑之间情同手足的故事，但在一场风筝比赛后发生了一件悲惨不堪的事情，阿米尔逼走了哈桑，不久，自己也跟着父亲逃往美国。成年后的阿米尔始终无法原谅自己当年对哈桑的背叛，为了赎罪，他踏上了暌违二十多年的故乡，开始了心灵的救赎。

12岁之前的阿米尔，孤独是他的代名词。一路孤独，一路成长，经历悲欢，只为获得父亲的认同。母亲生阿米尔难产而死，阿米尔每天盼着与父亲一起吃饭，渴望父亲的怀抱，却屡次失望。父亲在建恤孤院、在忙生意、在帮助需要帮助的人。

阿米尔拿着创作的第一篇小说给父亲看，渴望父亲的表扬。父亲并不感兴趣，父亲不希望自己的儿子写故事。父亲带阿米尔去踢足球，发现他反应冷淡，于是热衷于让阿米尔做个热情的观众，发现他疲于应付。父亲带阿米尔去看比武竞赛，阿米尔看到被马蹄践踏而死的骑手，放声大哭，父亲没有安慰，却流露出厌恶的表情。父亲鼓励他参加风筝比赛，在最后胜利的时刻，阿米尔终于看到站在屋顶的父亲，双拳挥舞，高声欢呼。在这一刻，阿米尔终于体验到有生以来最棒的瞬间——爸爸终于以他为荣。

追到倒数第二只蓝色的风筝，风筝大赛便圆满结束。阿米尔对哈桑大喊：把它带回来。哈桑对阿米尔大喊：为你，千千万万遍。哈桑是追风筝的人，而阿米尔，是追寻父爱的人。哈桑追风筝的过程中，遭遇非人折磨，阿米尔远远目睹了哈桑遭遇的一切，却没有挺身而出。哈桑带回了风筝，阿米尔得到了多年梦寐以求的东西——父亲的认同。

风筝比赛结束，阿米尔彻夜失眠。愧疚，负罪感陪伴了他26年。为你，千千万万遍，是他们心有灵犀的最后告别，一别，便是一生。哈桑是阿米尔的温暖，明媚了阿米尔孤独的童年。追逐风筝时，哈桑可以选择放弃风筝，保护自己，可是他宁愿选择被欺负，也不放弃风筝。他对自己遭遇的接纳，源于心底对忠诚的追逐。为你，千千万万遍，是哈桑对阿米尔的承诺。

多年后，阿米尔回忆起哈桑，缅怀父亲，思念故乡喀布尔。终于，他再次踏上故土，走上那条再次成为好人的路。在这条路上，他知道了哈桑其实是他亲弟弟，他知道了父亲原来并不完美。他终于懂得，每个人都会犯错，因为犯错而用更多的善行去弥补内心愧疚的过程，其实也是一个人的升华。阿米尔寻找哈桑儿子索拉博的过程，是他自我救赎的开始，阿米尔变得勇敢，为了救自己的侄子，宁愿牺牲生命也不低头。阿米尔终于成为父亲一样的人，成为父亲期望的样子。而他对侄子索拉博做的一切，又似乎回到了他的童年，重复了哈桑曾经对他做的一切。

最后，阿米尔成了为索拉博追风筝的人，一如，哈桑对他。

把爱种在孩子心里

读完亦舒的《喜宝》，有个问题在心中萌生：最好的家是什么样的？

喜宝，出生于贫寒家庭，童年父母离异。父亲对喜宝不管不问，还酗酒赌博。妈妈为了生计，疲于奔波，日子过得兵荒马乱。妈妈曾对喜宝说："如果有人用钞票扔你，跪下来，一张张拾起，不要紧，与你的温饱有关的时候，一点点自尊不算什么。"喜宝美丽又早熟，13岁那年，她就懂得利用自身的优势，哄骗身边的男孩为她付账；她成为剑桥大学的学霸，仍在寻找其他男人资助她读书；直到偶遇勖聪慧，喜宝的人生发生了彻底的改变。

当聪慧的爸爸勖存姿问喜宝："在生活中，你最希望得到的是什么？"喜宝说："我一直希望得到很多的爱。如果没有爱，很多钱也是好的。"从小被爱，是一个人一辈子的铠甲，喜宝没有。幸运的人用童年治愈一生，不幸的人用一生治愈童年。童年的贫困已经深深植根于喜宝的心底，自卑、敏感的她清楚地知道自己最需要什么，那是一个严重缺乏安全感的喜宝。书的最后，喜宝拥有了数不清的房产、店铺，花不完的钱，她却真的不知道自己生活的意义是什么了。

不知他人苦，莫劝他人善。我们无意批评喜宝的选择，只是心疼那个缺爱的女孩。从爱的乍见之欢到久处之厌，再到天各一方。在大人的选择里，喜宝所承受的是极度的焦虑、恐惧和不安。世界卫生组织最新研究成果表明，平均每天能与父亲共处2个小时以上的孩子智商更高，男孩更像小男子汉，女孩长大后更懂得如何与异性交往。

相比于喜宝的低入尘埃,天真开朗的勖聪慧却灿若星辰。她的爸爸勖存姿生意遍布全球,她和哥哥聪恕是含着金钥匙出生的人,他们在物质上极大富足,却与父母感情疏离,尤其是父亲的不苟言笑、冷嘲热讽,终让他们活成了生活上的"侏儒"。得知喜宝成为父亲的情人,猝不及防之下,聪慧离家出走,聪恕情绪彻底崩溃。最终这个心理创伤却成为他们成长的契机,勖存姿也开始反思自己对儿女的教育。从这里看,哪怕痛苦,也是有意义的。

《喜宝》是一部很有启发意义的书。对于一个家庭来说,父母可以赐予孩子许许多多,除了物质,给孩子内心种下爱的种子,孩子就会有爱的能力,就会有跋山涉水的勇气。即使历尽沧桑,孩子的内心也会坚毅而笃定,也许"喜宝"们会做出不一样的选择!

勇气是一种信仰

《人生海海》是茅盾文学奖得主麦家的长篇小说。在读小说之前，受到莫言、董卿等人推荐的影响，猜想这会是一本心灵鸡汤，却没有想到，读完会给自己如此大的心灵震撼。

小说通过一个十岁孩子的视角，描写了村里一个极其神秘的传奇人物。有人叫他太监，有人叫他少校。他深居简出，却始终是村里的话题人物。正是从不同村民口中，我们了解了一位经历过抗日战争、解放战争和朝鲜战争的军医，那时的他意气风发，所向披靡。我们也看到了一位历经岁月蹉跎，伤痕累累的村民，那时的他慷慨豁达、心存善意。铁马是他，冰河是他，繁华是他，孤寂也是他。面对人们的误解和猜测，面对人生的风雨和沉浮，他选择泰然处之。他用自己的故事书写着自己的人生，用一生的伤痕累累书写了自己的传奇。

拿破仑说："承受痛苦，比死亡更需要勇气。"勇敢地承受痛苦或死亡，来自对高贵和卑鄙的选择。在少校身上，我们看到了他的选择。从年轻时的自强自立到战场上的救死扶伤，甚至老年时无意识的返璞归真。他在生活的潮起潮落里，选择与自己的人生和解。璀璨时光芒万丈，平凡时坚毅顽强，落幕时满眼星光。麦家也在小说里说："人生海海，敢死不叫勇气，活着才需要勇气。"在少校身上，勇气已经成为一种根深蒂固的信仰。这样的人生修行，才是一个人一生追求的命题，也是他灵魂深处的意愿和选择。

在跌宕起伏的故事中，穿插着与少校有着人生纠葛的人物，让我们不得不感叹面对选择时人性的光辉与复杂、高尚与荒唐。林阿姨是与少校有情感纠葛的人，朝鲜战场上对少校一见钟情，回国后对少校由爱生恨，老年时照顾少校却又义无反顾。直到小说的结尾，我们才明白，少校又何尝不是林阿姨的心灵救赎？爷爷既是关键时刻救走少校的人，也是关键时刻出卖少校的人。他既是那个聪明一世的讲道理的爷爷，也是糊涂一时、为了子女放弃原则的父亲。而每一个决定，都是老人深思熟虑后的选择。

　　人的一生，既有晴天，也有风雨；既有阳光，也有雾霾。那都是生活赋予我们的磨砺，我们遭遇的苦难和挫折，都有其存在的价值。只要我们心怀勇气，豁达面对，这些苦难就会变成乌云背后的光芒，披荆斩棘，刺破阴霾。所以，在希望中欢呼，在苦难中坚持，也许就是这本小说对我们的提醒与暗示。

第四辑　智者人生

给失败建一所博物馆

在瑞典赫尔辛堡有一家博物馆，专门展示设计不佳或者被市场淘汰的产品，因此被称为"失败博物馆"。馆主是瑞典心理学家萨穆埃尔·韦斯，他厌倦了充斥整个社会的成功学故事，认为"让人生厌的成功都是类似的，而每个失败却都有各的不同"。于是，他独辟蹊径，决定为失败建一所博物馆。提醒人们在创新领域，有80%到90%的失败率，这很正常，只有坦诚地面对失败，从失败中吸取教训，才是对待失败的正确态度。

然而，事情却没有他想象的那么简单。单单搜集产品，萨穆埃尔就花了大量的时间和精力。他本来寄希望于产品公司会主动捐赠或者分享一些失败产品，但是显然他低估了公司对此类产品讳莫如深的程度，一提起失败，很多公司都沉默了。经了解，公司对失败产品守口如瓶的原因之一是维护公司形象，如果把公司重金投入的失败产品公之于众，可能给公司带来负面信息，还有可能会影响公司市值，甚至会让竞争对手迅速掌握自己的研究方向和进度。

面对产品公司的拒绝，萨穆埃尔决定从消费者手里收集产品。2014年，萨穆埃尔来到旧金山，他记得每进一家餐馆或者咖啡馆，总会在门口看到这样的标语："戴谷歌眼镜者，禁止进入。"于是谷歌眼镜毫无疑问地进入了萨穆埃尔的博物馆。2012年谷歌眼镜推出时售价1500美元，最初谷歌慷慨地将眼镜赠送给知名博主、科技记者等试用。结果，试用者发现，这完全就是一个样品，技术并不完整，电池不能用，没有任何功能，就一个镜头而已。更糟糕的是，因为带有麦克风和摄像头，谷歌眼镜还涉及隐私问题。这是一个无论从实用性还是从道德方面看，都极其失败的产品。谷歌眼镜于2015年1月15日停止生产。

失败博物馆陈列着20世纪40年代至今接近80年的众多产品，涵盖了全球60多家知名公司。很多产品更是让人脑洞大开。其中有件电流面膜算是博物馆的"镇馆之宝"之一，当初的生产商想搞一款极具创意和效果的面膜，它的设计原理是：通过温和电流刺激肌肉收缩，对脸部达到提拉和均匀肤色的效果。1999年产品上市后，引发了如潮批评，因为用户体验感觉实在太差了。面膜用硬塑料做成，且只有一个型号，没法贴合所有脸型，所以用起来很不舒服，甚至有用户评论"脸上有一万只蚂蚁在啃噬的感觉"。这款产品以惊人的速度进入消费者的视线，刚上市就毫无意外地以同样的速度消失了。

在失败博物馆里，还有因为拒绝改变而导致被淘汰的悲剧——柯达。1996年，柯达公司在最有价值的美国企业中排名第四，1975年柯达就生产出了数码相机，其中DC-40是最早推出的数码相机之一，受到市场的大力吹捧。但是因为管理层担心数码相机会影响公司利润颇丰的胶片冲印业务，而拒绝改变商业模式。在大好的未来面前，拒绝改变让柯达于2012年正式宣布破产。

当人们听够了那些腻耳朵的成功故事，这样的一座博物馆就如一股清流，让人们觉得意外又新奇，你来或不来，它就那样静静地立在那里。正如那些失败的产品以及它们背后的故事，你承认或者不承认，面对或者不面对，它们都曾赋予一些独特的创意。从这些失败的产品身上，我们能够认识到，成功并不是生活的常态，善于从失败中汲取教训，才能让我们少走弯路，这或许就是建这所失败博物馆的最大意义。

带来希望的"死神"

90后女孩孟风雨是中南大学湘雅二医院的一名护士,也是医院的器官捐献协调员。28岁的她,在器官捐献协调员岗位上,已经面对了75次生离死别。

孟风雨是个开朗爱笑的女孩,大学毕业后,成为湘雅二医院肾移植科的护士。每次她一出现在病房,病人就很开心,有人说,看到她,觉得世界都变得明亮了。在医院,她多次感受到患者接受肾移植后重获新生的喜悦,却从来没想过,那些不断送来的肾脏背后的故事。

一次偶然的机会,孟风雨参加院里组织的器官捐献公益宣讲活动,被深深震撼了。全国每年约有30万等待器官移植的患者,但仅有1万多人有机会获得器官移植,供需比例约为1:30。每一个受捐者重生的背后,都有一个捐献者家庭的破碎和悲伤。那次活动,让她无数次泪流满面,也让她知道了有一种职业叫器官捐献协调员。

机缘巧合,2017年3月,孟风雨转岗成为一名器官捐献协调员。师傅告诉她:"做这一行,脸皮要厚,否则哭都哭不过来。"她觉得已经做好了心理准备,可还是没有想到,会遇到那么多委屈和辛苦。

一次,孟风雨接到医院电话,说有潜在捐献者,她急忙赶到医院,见到病人家属,刚说明意思,家属就用愤怒的眼神看着她,说:"我孩子活着受病痛折磨还不够,连走都走得不完整,你的心怎么这么狠?!"

面对家属的控诉,孟风雨蒙了,一个劲道歉。走出医院,她心里堵得难受,打电话给师傅,怀疑自己不适合干这个工作。师傅告诉她,要理解家属的心情。很多人听都没听过器官捐献，却让人家捐出器官，家属难免觉得残忍，不能接受都是正常的，要站在他们的角度理解。师傅也有被骂的经历，有一次被病患家属追着跑了很远，还差点挨了打。

还有一次，一位患者被宣布脑死亡。在孟风雨和同事的努力下，家属签署了相关捐献文件，可就在等待摘取器官期间，患者家属却取消了捐献。家属说老人不同意，认为逝者为尊，死者为大，死了还要开肠破肚，是对死者的不敬。

面对家属固守的观念，孟风雨觉得无法讲道理。为了改变人们的旧观念，他们举办了很多次捐献器官的公益讲座。

无数次面对白眼、误解，甚至谩骂，孟风雨都可以理解，她最难过的是被人当成"死神"。一次，她接到受捐者家属的电话，急急忙忙赶到医院，一名医务人员看到她就说："啊？怎么又是你，你一来我就觉得我们科又要有病人去世了。"

说者无意，孟风雨心里却很不好受，有谁愿意别人把自己当成死神呢？她强忍难过走进病房，受捐者家属一看到她，就跑过来拉着她的手，不停说着感谢的话，说她是他家的救命恩人。患者拿出一段录音，拜托孟风雨转交给捐献者家属，那是他孩子心脏跳动的声音。

拿着那盒录音，孟风雨赶往捐献者家，当她把录音放给家属听时，他们都哭了。可是这次的哭跟以前不同，家属说："器官捐献救了别人的命，也救了我们。听着心跳声，我真的觉得自己儿子还活着。"因为捐献的"双盲原则"，他们虽然不知道是谁接纳了儿子的心脏，可听着那有力的跳动，他们觉得儿子还在。

很多这样的时刻感动着孟风雨，让她越来越清晰地意识到，器官捐献协调员不是"死神"，即使是，也是带来希望的"死神"，她不光救了患者，还可以救赎捐献者的家属，帮助他们从悲伤中走出来，器官捐献协调员不仅摆渡生命，还担负着患者的希望、家属的念想。

练习"剥葡萄皮"的医学专家

庄仕华是武警新疆总队医院的一名肝胆外科医生。他小时候家里穷，靠着吃政府的救济粮，穿乡亲和老师们资助的衣服，国家减免学费，才从小学读到高中，然后从军，学医。毕业后，庄仕华选择了扎根胆结石和肝包虫病高发的新疆，一待就是47年，他参与治疗了13万多名肝胆病患者，爬雪山，越戈壁巡诊，用自己的执着和精湛医术，赢得了当地人民的认可，并创下了12万胆囊手术无一意外事故的医学纪录。

作为一名医生，手术最重要的是技术娴熟，这样才能精准、快速，患者才能创伤小、恢复快。因为胆囊皮比纸还薄，为了练习操作，庄仕华从剥葡萄皮开始练习，他在一个箱子上打三个孔，放一串葡萄，器械伸进去，练习剥葡萄皮。这件事他坚持了二十多年，每天都自费买来葡萄，抽出时间练习剥葡萄，无论春夏秋冬。而他的手术精准度也越来越高，技法也越来越娴熟。现在，庄仕华在腹腔镜水平下剥离胆囊仅仅需要一分钟，一例手术只需5到10分钟，每天正常开20多台手术，工作6小时，最多时曾开到49台，创造了胆囊手术的奇迹。

说起他的成就，庄仕华说："医生的医术精准些，病人就少受些罪。"俗话说："神枪手都是一枪一枪打出来的！"没有什么大器晚成，只不过是厚积薄发。为了让患者少受罪，庄仕华坚持不懈二十多年剥葡萄皮，日复一日的积累和沉淀，成就了非凡的医术，也挽救了更多人的生命。这样的敬业精神，值得尊重。

严纯华专业解释"校园恋"

最近,化学家、兰州大学校长严纯华做客央视《开讲啦》节目,在回答学生提问环节时,有一位女学生请教他:"校园爱情中到底是享受当下,还是考虑未来呢?您对校园恋情有哪些忠告?"

严纯华想了想,语重心长地说:"享受当下是对的,但享受不是及时行乐,享受的是自己青葱的时候已经有了一种朦胧的感觉,而这种感觉推动着自己要做得更好,做得更美,做得更强。"接着,严纯华又用缓慢的语速说:"用化学术语来解释就是,激发态永远是一个快的、短寿的、高能量的状态,而真正过日子的是基态;激发态让你认识他,而基态会让你爱上他。"望着现场的大学生,严纯华校长还特别对校园爱情中的男生给予忠告:"第一,要学会尊重,该做的做,不该做的不做;第二,要学会自立,要非常清楚地知道,当你决定要跟你今后真正爱的这个人一起生活,背着抱着你都要跟她过下去,自己必须有能力而且背得动别人,抱得动别人,能够撑得起这个家。"话音刚落,台下立刻掌声雷动。

作为一名德高望重的校长,深知现在的学生最不缺少苦口婆心的唠叨,所以他用专业术语,幽默而直观地对学生表明了自己对校园恋的态度以及对他们的忠告,也赢得了现场学生热烈的掌声。

热爱它，就去改变它

河南省辉县小屯村火了！一起火起来的还有90后小伙尚勤杰，正是他，用了三个月的时间，把辉县小屯村变成了远近闻名的"童话村"。

尚勤杰毕业于开封大学，攻读艺术设计专业，毕业后一直在上海、郑州等大城市从事与美术相关的工作。去年的一个周末，尚勤杰回老家和发小聚会。吃饭间，发小拍着尚勤杰的肩膀说："你是美院的高才生，能不能给我们村画几幅画？"喝了两杯酒的尚勤杰毫不迟疑地答应了。让他没想到的是，自己随口答应的一句话，却一画就画了三个多月。

尚勤杰回家后跟父母说起回家画画的事，尚勤杰的父母都持反对意见。人往高处走，水往低处流。在大城市待得好好的，你回老家干什么？妈妈的观点更朴素："都是邻里邻居的，你每天脏兮兮地到处画画，哪个女孩会喜欢？到时候连个媳妇都找不到。"尚勤杰却有自己的主见，已经答应了的事，不好反悔，就当是为家乡建设出一份力吧。

小屯村是当地有名的贫困村，村里还是土路，巷子两边都是一栋栋的老房子。尚勤杰一条巷子一条巷子地去转，看一砖一瓦，一草一木。他反复在想，这些古老的建筑物上，画什么样的画合适呢？深思熟虑后的尚勤杰决定在平房的外墙上画大幅的壁画，以增加村子的活力。

在一条巷子里，尚勤杰看到几位老人，坐在家门口。男的在聊天，女的在剥蒜。听说尚勤杰要在他们的房子上画画，一个劲地摇头。没办法，尚勤杰只能先在发小家的房子上画一幅大型的锦鲤祥瑞壁画。四天后，栩栩如生的壁画吸引了村里很多人前来围观，不少人开始主动邀请尚勤杰去自己的房子画画。于是，龙、凤、狮子等陆续创作出来，尚勤杰的画也获得了越来越多人的认可。更有一些年轻人开始选择自己喜欢的风格，让尚勤杰在自己家的墙上画漫画。从此，越来越多的时尚元素出现在村子里。

同时，这些画也吸引了很多外村人前来观看，媒体也来拍摄。小屯村就这样火了。

村里的老人们悠然地坐在家门口，把自己的土特产用篮子盛着，把纯净水摆在旁边，前来观光的人拍照累了，口渴了，便坐在家门口的小凳子上喝水聊天，挑选着喜欢的土特产。村民们怎么也没想到，自己家的画会吸引那么多人，他们竟然还有了一份意外的收入。

心理学家李子勋的风景理论说："如果我们把家乡建设成一个很人文，很温暖的花园，很多人内心的纠结会通过对环境的认同而自我治愈。就像不想恋爱的人到了丽江就想恋爱了，因为人们约定俗成地认为那儿是谈恋爱的地方。"在小屯村，尚勤杰通过艺术改变了家乡，也增加了人们对家乡的归属感、自豪感。

《人民日报》评价尚勤杰说："我们接受教育的目的，不是为了离开贫困的家乡，而是为了让家乡摆脱贫困！"而尚勤杰只说了一句话："热爱它，就去改变它！"

快递自己

29 岁的刘亚强经营着一家快递小店，每天面对数以千计的快递业务，卸货、摆货，发信息给顾客取件，忙得不可开交。但一个特殊的电话，让刘亚强完成了一生中最重要的一次快递——"快递自己"。

那天，刘亚强正在忙着摆货时，接到了一个电话。淮南市红十字会的工作人员来电告诉他，七年前他留的造血干细胞捐献血样和外省一名急性白血病患者初配成功，现在需要他在指定时间内，加急完成高分辨配型采样和体检。

刘亚强这才记起，多年前还在读书时，参加过多次献血活动，捐献造血干细胞一直是他的心愿。2012 年，他主动签了一份《造血干细胞志愿捐献同意书》，加入了中华骨髓库。当时的他也不知道，茫茫人海中，这样大海捞针似的配型概率何时能降临，却没想到七年后，真的配型成功了。

红十字会的工作人员询问他是否愿意捐献。"必须同意，没什么事比命更重要！"刘亚强的回答简单有力。工作人员又告诉他，如果同意的话，需要提前一周时间住院，捐献前后还不能熬夜和劳累。这个要求让刘亚强着急犯难了。为了开快递店，两年前，他从银行贷款 30 万元。经过两年的辛苦打拼，快递业务量越来越多，每天有上千单，快递的效率和诚信是他一直坚持的原则，一件单也不能耽搁，他就是靠好的信誉经营着，这是全家的经济来源。如果关门一周，将会给自己造成无法弥补的损失。可是，他也知道，造血干细胞捐献更是在与时间赛跑。工作人员说,对方病情危重,不能再等。刘亚强咬咬牙说:"好,给我两天时间处理一下手头业务,绝对不会耽误捐献。"

  晚上,刘亚强回家跟父亲商量,干了一辈子矿工的父亲听说要关门一周,担心快递业务受影响,贷款还不上。可是刘亚强却说:"大不了我把店转让了,以后打工还债,人命更重要。"看到儿子态度坚决,父亲拍拍他的肩膀说:"那就先救人。"父亲答应他,每天尽量抽时间去帮他看看店,但是自己不懂快递业务,无法帮助刘亚强完成快件投送。了解到这个情况的红十字会也组织了志愿者来帮忙打理,志愿者还在快递店门口贴了一张通知单,告知顾客,刘亚强因为要捐献造血干细胞救人而出门一周,希望顾客理解。

  就这样,刘亚强如期赶赴合肥准备捐献。经过五天的准备,各项检查指标都正常,刘亚强走进采集室,四个小时后,采集完成,装着造血干细胞的袋子交到了早已等待在采集室外的医生手里。这是快递小哥刘亚强人生中送出的最重要的一次"加急快递"!受捐方医生也带来一份特殊礼物——受捐者家人的感谢信:"尊敬的好心人,您好,得知您将为我们的妈妈捐献造血干细胞时,我们全家都流下了泪水。感谢您,让我和弟弟还能继续拥有妈妈。我今年高考了,我会学习您的大爱,奉献爱心,也会加入捐献造血干细胞的志愿者队伍中来……"读罢,刘亚强欣慰地笑了。

  捐献任务完成后,当天刘亚强就回到了门店,又开始了忙碌。面对人们的关心和赞誉,刘亚强笑着说:"希望通过快递自己,让更多人加入捐献造血干细胞的志愿者队伍中来。"

老教授的公式证据

一位"70后"老先生因为用公式证明自己在交通事故中无责而刷爆朋友圈。孙老先生今年73岁,是一名大学退休教授,他的公式不光看蒙了警察,也惊艳了网友,网友直呼:"学好数理化,开车到哪都不怕。"

事情的起因是不久前,南京江宁将军大道附近的交警接到报警电话,说在天元西路路口发生了一起交通事故,孙先生的私家车跟一辆出租车在同时拐弯时相撞。过了几天,当地交警在交警队接待孙先生时,73岁的老司机孙先生竟然出人意料地提供了写满两张纸的物理运算,并推断自己在本次事故中无责。经了解,孙先生是一名退休的大学教授,擅长物理。为了证明自己在事故中无责,孙先生把碰撞分为两类情况,然后分别用公式一一演算,最后得到结论是对方全责。

看到两张推算公式的警察蒙了,他们每天处理多起交通事故,还从来没见过谁用这种方式证明自己。随后他们调取了事发现场的监控视频录像,非常清晰地发现当时确实是出租车拐弯有些急,所以别到了孙先生的小轿车,发生了轻微碰撞事故,也证明孙先生的推算完全正确,他确实无责。

面对交通事故,孙先生用知识证明自己,不光让出租车司机心服口服,也征服了全国的网友。他用自己的严谨告诉人们,知识改变命运是有道理的。

一首曲子修改 54 年

1965 年 2 月，35 岁的吕其明接到任务，为上海之春音乐节写了一首歌颂党和祖国的管弦乐作品《红旗颂》，并在当年 5 月份的音乐节上首演。

面对突如其来的任务，吕其明经过一番酝酿和构思，决定用作品展示 1949 年 10 月 1 日开国大典那天，天安门广场上第一面五星红旗冉冉升起时庄严神圣的一幕。1965 年 5 月，《红旗颂》在上海之春音乐节开幕式上首演并大获成功，并且很快传遍全国。这首管弦乐作品大气恢宏，让听者热血沸腾。

可是过了一段时间，吕其明再听《红旗颂》，总是感觉有些地方不太满意，没有表达清楚自己对祖国的那份热爱。于是，吕其明开始了对细节的修改和打磨。吕其明说："我采用切香肠的办法，一个小节一个小节慢慢地反复推敲，有时只改动一个音符，有时改动一个小节，有时把十几个小节的和声部分重写。过一段时间，再回来琢磨，可能又有改动。"对《红旗颂》的修改，吕其明倾注了全部的热爱。半个多世纪之后，2019 年，吕其明完成了《红旗颂》最后部分的修改，并于 2019 年上海之春音乐节完成了定稿的首演，整部作品听起来更有感染力，更臻于完美。

一首曲子，吕其明反复推敲，修改了 54 年。这种精益求精，追求完美的精神，也让《红旗颂》成为半个世纪以来激荡在人民心间的经典旋律。

院士的坚持

2019年11月22日，中国工程院2019年院士增选结果公布，"阿里云之父"王坚当选为中国工程院院士。如今，王坚创造的阿里云，正给我们的生活带来越来越多的便利。不论是台风来袭时在手机上查看的台风实时路径，还是只需要30秒就能取出12306系统订好的车票，以及开车时我们根据几秒内完成的道路实时数据分析，而随时做出的最佳路线选择……这一切都离不开王坚和他的团队。可是，成功并非一蹴而就，可以说今天有多荣耀，过去就有多委屈。

2007年，王坚提出要投入100亿经费来建立阿里云，使中国也拥有世界核心技术，马云答应了。这曾在阿里巴巴公司掀起过轩然大波，很多人认为王坚就是在痴人说梦。之后几年，王坚虽然忙忙碌碌，却依旧没有取得任何进展，钱却越花越多，这似乎也印证了当初大家对他的判断。

有一次在公司召开的股东大会上，有人曾公开质疑王坚，说他是骗子。有些同事也在公司内部网站发帖子，质疑王坚的能力。面对同事之间的公开质疑，王坚也曾痛哭流泪，但他却无力为自己辩解。他清楚，事实胜于雄辩，自己只有坚持初心，带领团队做出技术，才是最好的辩解。一次又一次实验与测试，王坚和他的团队坚持了十年，背负了十年骂名，最终，他们创造的"阿里云"出现在世人面前，实现了中国云计算从0到1的突破。

如今，阿里云已经是全球第三大云计算厂商，仅次于美国的亚马逊和微软。而曾经的"骗子"王坚，也凭借自己的坚持，走出了人生的低谷，当选为中国工程院院士。

为一句话打满分

有一年，一批医学院的学生跟着林巧稚教授在北京协和医院实习。一天，林教授给实习的学生布置了一道考题，要求她们到产房去观察十例初产妇分娩的全过程，并用英文写出完整的产程报告。实习生们一点也不敢懈怠，都在产房仔细地观察，认真地记录自己看到的要点，然后完成了自己认为满意的答卷。

试卷下发后，结果却出乎大家的意料，因为只有一个同学的产程报告被打了满分，其他的均为"不及格"。学生们百思不得其解，只好硬着头皮向林教授请教。林教授严肃地说："你们的记录没有错误，但却不够完整，漏掉了非常重要的东西。"学生们开始检查自己的产程报告，一步步核对自己的记录，却还是没有发现到底漏掉了什么，可是想到林教授的严肃，又不敢贸然去问，只得偷偷去向满分的同学请教，并逐步跟满分试卷比较。结果他们发现，各项记录都几乎相同，唯一区别在于，满分同学的试卷中多了这样一句话："产妇的额头有豆大的汗珠……"

看到学生们终于发现了这个细节，林巧稚教授对她们说："不要小看这句话，作为一名医生，只有关注到这些细节，对患者的痛苦感同身受，你才会懂得如何去观察患者，才会更容易察觉诊治过程中预料不到的变化。"

对病人的关爱和呵护，是林巧稚教授坚守一生的医者仁心，她无愧于"万婴之母"的称号。

特殊的重逢

昆明医科大学人体科学馆举行的一场接收仪式，登上各大媒体，引起全国网民关注并点赞致敬。两具骨骼标本，并排站立在昆明医科大学科学馆入口的屏风前，让观者落泪，心生敬畏。他们是云南神经外科奠基人李秉权教授和云南省妇产科专家胡素秋教授，这对夫妇以一种特殊的方式重逢在母校。

70多年前，李秉权和胡素秋在云南大学医学院（昆明医科大学前身）毕业，被聘到云大医学院附属医院工作，成为中华人民共和国的首批医师。从那时起，他们就再也没有离开过医学领域，直到去世前几天，还坚持在专家门诊坐诊。他们的一生都献给了热爱的医学事业，李秉权曾被昆明军区授予一等功臣称号，享受国务院政府特殊津贴。胡素秋也凭借丰富的临床经验和高超的医疗技术挽救了无数病患的生命。

李秉权晚年常常跟同为医生的孩子李向新发表感慨："我们大学时期由于教学标本极少，只能和同学顶着日机的轰炸去圆通山乱葬岗找无名尸骨做医学标本。我做了一辈子医生，死了以后也要拿这身臭皮囊为医学做一些贡献，学生在我身上练熟后，病人就可以少受些痛苦，解剖完后再做成一副骨架，教学时还有用。"虽然都是医学出身，面对面听父亲讲这些，李向新还是觉得有些残忍，经常选择沉默。

2000年，李秉权、胡素秋夫妇俩一起填写了遗体捐献表。2005年，李秉权在昆明逝世，按照他的遗嘱，他的遗体捐给昆明医科大学，其中骨架被制作成医学标本，陈列在学校生命科学馆内，供教学使用。十年后，胡素秋也随丈夫而去，遗体同样捐献给昆明医科大学。如今，两位老人的骨骼标本在母校"重逢"了。

看着标本两侧"生为医学教授，逝做无语良师"的诠释，李向新泪流满面。他说："我的父亲经常告诫我说，从医不是职业，而是事业，作为一份事业，你要奉献一生。我想，我的父母做到了。"

不知道答案

文传源是我国飞行器控制、仿真学界的泰斗，一生科技成就不胜枚举，也为高校和科研院所输送了大批硕士、博士等专业学术带头人，可谓桃李满天下。

20世纪90年代初，白丽洁通过努力成为文传源的博士生，她暗下决心，一定要跟着文传源好好学习，争取优异成绩。可是不到一个月的时间，白丽洁就哭了好几次。原来文传源有个规定，每周固定的时间所有的硕士生、博士生都要集合在一起汇报，说说这一周研究了什么，遇到了什么问题，他还规定任何人不能不发言。

第一周，白丽洁大胆发言，说了自己遇到的问题，她请教文传源应该怎么解决，可是文传源却回答："我也不知道答案。你回去自己想，想好了来告诉我。"可是，等白丽洁回去认真研究后，把答案告诉了文传源，他又说："你回去再好好想想，还有没有其他办法，想好了告诉我。"白丽洁觉得很委屈，一边往回走，一边哭，不明白到底自己做错了什么，为什么文先生总拿自己开刀呢？这样下去自己能不能顺利过关呢？带着不理解，带着疑问和压力，白丽洁开始认真思考，试着从多个角度提出问题，多方面验证。她第三次带着答案来到文传源面前，一个方案一个方案地说给他听，文传源听着，有时会提出疑问，白丽洁必须做出解释。有时她解释不通，就要回去继续思考新思路。

当白丽洁把自己的苦恼告诉同学，结果发现大家都面临同样的压力。为了顺利过文传源那一关，大家铆足了干劲，主动学习，并力求在原有理论的基础上，坚持创新。慢慢地，大家发现汇报时文传源竟然点头微笑了。

20多年以后，白丽洁已经是中航工业集团公司战略规划发展部副部长，再次说起自己的导师，她感慨万分："正是文传源先生的不告诉答案和他近乎苛刻的询问，才让我们养成了独立思考的习惯，这让我们铭记在心，受益终生。"

爱的"A 套餐"

张小军开了一家烧烤店，而傍晚是烧烤店最热闹最忙碌的时候。

这时店里走进来一对青年男女，两人拉着手，看起来像是情侣，他们点名要吃"A 套餐"。按照惯例，店员招呼客人坐下，走进厨房，跟张小军说："不像是点 A 套餐的人啊。"张小军摆摆手，一会儿工夫，两碗面端上了桌，还有一盘青菜。一切都自然而然地进行着，吃完面，两人手挽手走了，店员收拾餐具时，却发现盘子下面压着 500 元钱和一张纸条："不用意外，谢谢老板的 A 套餐"。

这张纸条让张小军感到特别开心，虽然自己在默默地做着一件小事，却能得到这么多爱心人士的支持和鼓励，他内心的那束光更亮了。"A 套餐"在张小军的烧烤店很有知名度，已经成为公开的秘密，其实店里并没有固定的"A 套餐"，那只是一个暗号，只要说出这三个字，那么厨房里正在做的，就是你要的"A 套餐"。各不相同的"A 套餐"已经温暖了很多人，疗愈了他们的思乡之苦，同时也滋养着张小军的心。

现在，张小军的"A 套餐"已经被大家口口相传，但只有张小军的朋友知道"A 套餐"背后那个感人的故事。20 世纪 90 年代，十七八岁的张小军凭着一腔热血，独自一人到西安闯天下，理想的丰满终被骨感的现实打败，他接连很多天都没有找到工作，而自己身上的钱也都花光了。想回家回不了，找工作又找不到，饥肠辘辘的他，再也顾不得年轻人的尊严，走进经常路过的一家面馆，小声跟老板说："老板，能不能先赊一碗面给我，我不会白吃的，我可以帮你们干活，我实在饿得受不了了。"

害怕被拒绝的张小军一口气说完，却听老板说："出门在外，谁还没个难处啊。坐下坐下，不用谈钱。"

张小军跟朋友说，那天的那碗面，分量明显大很多，那顿饭他吃得很饱，心里也觉得很温暖，有了继续在西安找工作的力量。吃完面，张小军给老板深深鞠了一躬，老板赶紧扶住小军的肩说："小伙子，饿了就过来吃面，大叔跟店里说好，你来到只要说声 A 套餐，不管我在不在，他们一定给你煮最大碗的面。这就是我们俩的暗号了。"张小军感动地流泪了，当时想，找到工作后的第一件事，就是挣工资来还钱。不久，张小军真的找到了一份工作，月底，他拿着钱兴冲冲地走进面馆，却发现店面已经被转让。至今，他都没有找到当年那个善良的老板，那碗面成了他铭刻心底的记忆。

当年的那碗面给了他异乡的温暖，而老板的善良，也疗愈了他所有的伤痛，成了温暖他生命的一束光。所以在他的烧烤店开张那天，他就在店里张贴了公告："人在外，遇到困难是难免的。本店免费提供晚餐，不求回报，只要你小声告诉店员要'A 套餐'就行了，找地方坐，吃完走人。"他的宗旨是，只要点了 A 套餐，他绝不会问原因，绝不会拒绝，而要像多年前的老板一样，给路过的人一份温暖。

说起这份"A 套餐"，张小军说的更多的却是当年的那碗面。他说，虽然自己能力有限，但是这份"A 套餐"会一直坚持做下去。"A 套餐"也让我们有理由相信，世界上，总有人在偷偷爱着你。

越界的恶作剧，绝非玩笑

2019 年 6 月份的一天，韩国短道速滑队的男女队运动员们在一起集训，当时他们正共同进行攀岩训练。

高度紧张的训练中，忽然传来一声惊呼。大家都循声抬头看时，只见 2 米高处的黄大宪正屈辱地低着头，原来他的裤子被紧随其后的队友林孝俊给拽了下来，而他因为挂在高空，却无法用手把裤子提上来。而拽下他裤子的林孝俊还在发出恶作剧般的笑声，周围的女队员也都尴尬地窃窃私语起来。

结束训练后，黄大宪跟教练哭诉这件让他难堪至极的事情，并要求林孝俊向他道歉。教练也意识到问题的严重性，随后把这件事上报给了大韩冰上竞技联盟。经过了解，双方队员各执一词，二人又都是短道速滑的领军人物，多次讨论后，高层觉得最近几年短道速滑队丑闻不断，首先是因为短道速滑队伍纪律涣散，纲纪不严，于是作出处罚决定，将短道速滑队男女 14 名运动员逐出运动员村一个月，让他们作出深刻反省，并责令林孝俊向黄大宪道歉。

因为自己的过错而连累队友被赶出训练基地，林孝俊也认识到事情的严重性，于是通过经纪公司发表致歉声明，声明中说自己本来想跟黄大宪开个玩笑，却引起了对方不快，可能这个玩笑开得有些过分，自己向黄大宪表示歉意。同时，林孝俊在声明中辩解，当时并不是训练时间，而是休息时间，大家都很开心，黄大宪也只是部分暴露了半个臀部，当时并没感觉到黄大宪不高兴。林孝俊的道歉信被网友普遍质疑，大家议论纷纷："这哪是道歉信啊，这分明是为自己写的正名信啊。"

面对林孝俊毫无诚意的道歉以及在声明中的诡辩，黄大宪越发生气。当时大家都在训练，还有那么多女性运动员在场，自己被林孝俊当众脱了裤子，这在黄大宪看来简直就是奇耻大辱。那天之后，连续几个晚上，黄大宪都处于失眠状态，靠服用安眠药入睡，却始终无法走出这件事的阴影，还专门接受了心理辅导。现在，自己作为受害者还被赶出了训练村，林孝俊却轻描淡写地说只是一个玩笑。越想越气的黄大宪拒绝接受林孝俊的道歉，同时，黄大宪团队向林孝俊提起诉讼，指控林孝俊的行为是"性骚扰"。

这在韩国引起了轩然大波。面对来自社会的压力，两个月后，韩国冰上竞赛联盟专门召开会议，讨论"扒裤门"事件。在听取了受害人陈述、证人证言，并调取了视频监控后，韩国冰上竞赛联盟根据相关条文规定，认为林孝俊"性骚扰"成立。鉴于林孝俊成绩优异以及事后也有悔过的态度，冰上联盟对林孝俊做出禁赛一年的处罚。

而在韩国首尔中央地区法院的听证会上，林孝俊承认了被控事实，但他仍然认为自己并不是故意脱队友的裤子，应该不算罪行。辩方律师还指出，黄大宪的裤子掉下来纯粹是个意外。而控方律师却说，即使是恶作剧，也是性质恶劣，在公开场合，尤其还有7名女运动员在场，脱掉队友的裤子，都会造成不好的影响，最大的恶就是作恶而不自知。

最终，韩国首尔中央地区法院对林孝俊处以有期徒刑1年，缓刑2年的刑罚。林孝俊也许从来没有想到，自己会因为一个恶作剧而被判刑。相信这样的一个教训，会提醒所有人：开玩笑也要有边界，如此越界的恶作剧，绝非"玩笑"，以后还是不要开吧。

医院里的钢琴声

　　72岁的崔忠和可以说是南京明基医院的常客,因为十多年来,每周两天,崔忠和都会和他老伴来医院大厅报到,风雨无阻。崔忠和并不是来看病的,他是来弹钢琴的,他是医院的钢琴演奏志愿者。

　　2010年6月的一天,崔忠和来医院看望一位生病的朋友。同为音乐教师,朋友说特别想听崔忠和弹奏肖邦的《第一号玛祖卡舞曲》。刚好医院大厅里有架钢琴,在征得医生同意后,崔忠和坐在钢琴前开始弹奏,淡淡的略带忧伤的旋律在医院大厅里流淌,立刻就吸引了大厅里熙熙攘攘的人群。不少人围拢过来,原本急匆匆的人也慢下了脚步,大厅里立刻安静了。一曲结束,围观的人群却没有散去,有人说:"再来一首,再来一首。"这时,一位小朋友胳膊上挂着吊瓶,挤到前面,对崔忠和说:"爷爷,您可不可以给我弹一首《菊次郎的夏天》?"望着孩子那期待的目光,崔忠和点点头,弹了起来。一连四首曲子弹完,崔忠和被院长请到了办公室。从此,他成了医院里的钢琴演奏志愿者。

　　从开始自己单独来到后来和老伴一起来,崔忠和在这里坚持了十多年。他经常看到哭着听音乐的患者家属,听完后擦擦泪,又坚定地走向病房;他也会看到有的患者安静地听他弹完曲子后,递给他一瓶纯净水,向他道一声谢谢。有一次,一个男孩儿来到他身边,对他说:"爷爷,听到您的琴声,我觉得活着其实挺好的。"这个时候,他觉得自己的这份工作很有意义。

　　说起自己的志愿活动,崔忠和说:"退休之后,一直想为社会做点什么。这份偶然得来的工作，可以缓解患者和家属以及医生的压抑情绪，我觉得很充实。同时，这份工作也让我感受到很多来自大家的善意。我会一直坚持下去。"

不用送出的外卖

一位武汉的外卖小哥独自蹲在马路边，一边大口吃着蛋糕一边抹眼泪。他不知道这份生日蛋糕是谁给他点的，在这个夜晚，这份不用送出的外卖，让他疲惫了一天的心，瞬间暖化，以至泪崩。

送外卖很久了，他每天的生活都是快节奏地来去匆匆，匆匆去各个餐厅取餐，仔细看清订单位置和送餐时间，以及备注信息，然后用最快的速度，在规定的时间内把餐送到客户手里，这是他生活的全部。

刚才，他接到一份订单，与店员交接完后，他一边急匆匆地往外走，一边看手里的订单信息，却意外地在备注栏看到："这份蛋糕送给外卖小哥，生活不易，注意身体哦。"他有些蒙，也有些诧异，又仔细看了几遍，确实是送给自己的。他忍不住转身向服务人员求证，对方帮他拨打了客户的电话，确定这份订单就是送给外卖小哥的。

深感意外的他忽然想起今天竟然真的是自己的生日，却因忙碌而被遗忘到脑后了。这真是一份特殊的生日礼物，感动之余，他满脸惊喜地走出蛋糕店，蹲在马路边，端详着手里的这份蛋糕，看着看着，他就哭了，可是哭着哭着，他又笑了。手机"滴"的一声响，又有订单了，他快速把蛋糕吃完，抹一把脸，准备去送下一单。

这个仅有 30 秒的视频，感动了无数网友，并相互转发。很多网友留言："被暖到了。生活中很多时候的温暖都来自陌生人。继续加油！"

有一个网友也是快递小哥，他留言说："前几天，我也收到了这样一份温暖，看着备注里送给自己的外卖，忽然觉得在这个城市不再孤单了。

本来那几天打算辞职的,却在那一刻,找到了坚持下去的理由。"

还有一个网友这样说:"相信你会永远记得这份礼物,即使多年之后,也会让你挺过生活中的很多难处。而那个随机点单的善良的人,相信她也会永远记得这份礼物,记得自己曾经的一个小举动,却点亮了一个平凡人的生命。这份善意充满着人性的光芒,也鼓励我们每个人都要心存善意地生活!"

愿我们每个人都学会慈悲,心存一粒善意的种子,希望有一天,这粒种子生根、发芽、开花、结果,我们身边就会变成繁花似锦的世界。

一个邮箱节省一亿美元

Expedia 公司是全球最大的在线旅游平台。

2012 年，公司做了一个调查，结果发现，最终在网上订票成功的顾客中，有 58% 的人打过客服电话，而打电话的原因排在第一位的，竟然是找不到行程单。也就是说，在刚过去的 2011 年，客服部门接听的所有电话中，大约有两千万个，是关于顾客订了票后却找不到行程单。如果每个电话成本按照 5 美元计算，那这个问题带来的成本就是 1 亿美元。

为什么会出现这样的问题，客服部门经理说不出所以然，因为他只关注接听客服电话的数量，却没有在意是因为什么来电咨询。而营销部门只负责怎么吸引客户订票，却不关心订票成功后的顾客能不能找到行程单。技术部门只负责网站的建设和维护，其他全不理会。也就是说，每个部门都在自己的职能范围内，干自己分内的事情，却没有关注到公司全局出现的问题。

于是，Expedia 公司成立了一个多部门联合的作战团队，打破部门边界，调查出现问题的真正原因。经过一个多月的努力，该公司终于找到了问题的症结，原来很多人找不到行程单是因为留了错误的邮箱地址，所以行程单没有发到顾客本人的邮箱。同时，公司的业务量太大，发送的行程单太多，导致一部分行程单被发到了垃圾邮箱。于是，团队中的技术部门在网页上做了调整，比如让顾客填写两次邮箱地址，提高邮箱正确率，同时，网页提醒顾客，如果邮箱里没有行程单，可以去垃圾邮箱看看，并且还专门设计了一个按钮，让顾客可以一键调出行程单。

经过多个部门的联合行动，客服电话的接听比例由原来的58%降到了15%，公司的服务也获得了顾客的好评和认可，Expedia公司也连续几年被评为全球最优活力品牌、全球最具创新力企业。

中国历史上第一位司机的悲剧人生

1901年，慈禧太后66岁大寿，袁世凯为讨慈禧欢心，竟送了一辆德国造的四轮老爷车，这可是货真价实的轿车。于是中国历史上第一位司机出现了，他就是慈禧太后的御用司机，也是世界上唯一被要求跪着开车的汽车驾驶员，还是中国历史上第一位酒后驾车肇事者——孙富龄。

慈禧第一次看到汽车，眼前一亮，又亲眼见证汽车不用吃草就能跑，更是满心欢喜，坐在车上，充分体验到了汽车的速度与激情，慈禧太后开始热衷于乘车出行。于是，每个风和日丽的早晨，孙富龄就在颐和园的南门驾车恭候老佛爷，拉着她出去游山玩水。在路上，慈禧有时还会问："这车怎么不吃草就能跑？我就看不惯司机坐在我前面，你们就该跪着开车。"孙富龄听完，冷汗直冒，给慈禧太后讲了车的大概原理后，说到要用脚踩刹车，慈禧才说："那你就姑且坐着吧！"

每次风光出行的背后，是孙富龄的提心吊胆，虽然自己学驾驶比较快，但是技术还需要更娴熟，开得更稳才行。所以承担着巨大心理压力的孙富龄，每次坐在车上，那感觉真是如履薄冰，如临深渊，好在孙富龄把握住了一点，不熟练，就慢慢开。

谁知，这样近距离的接触，却引起了不少人的羡慕嫉妒恨。但是大家看慈禧每天都兴高采烈，也不好说什么。于是，孙富龄慢慢开成了历史上一位真正的老司机。按说，这样资深的老司机，驾车经验应该相当丰富，开车也是相当稳妥。坏就坏在当年没有酒驾入刑之说，于是一场惊心动魄的悲剧发生了。

那天，慈禧太后坐车去城隍庙游玩，两个小时很快过去，玩得开心，心情自然舒畅。慈禧一高兴赐了孙富龄一碗酒。面对老佛爷的赏赐，孙富龄受宠若惊，美滋滋地喝了下去。喝了美酒开车的孙富龄，开始情绪高昂，渐渐地开始感觉头脑发晕。本来慈禧太后出行，道路肯定是戒严的，谁知道偏偏从胡同里窜出个小太监，孙富龄一慌张，竟找不到刹车的位置了，可怜的小太监就这样稀里糊涂地送了命。于是，中国历史上第一起酒后驾车肇事案发生了，肇事者还是慈禧太后的御用司机。

按当时规定，孙富龄属于正常驾驶，所以没有人问他的罪，但是受到惊吓的慈禧太后严厉惩罚了负责戒严的人和小太监的领导。当初那些羡慕嫉妒孙富龄的人，终于找到了机会，表达内心的那份恨意。他们联名上书："一个开车的奴才竟然和老佛爷平起平坐，成何体统？"慈禧早就忍受不了一个马夫不光与自己平起平坐，还天天坐在自己前面。于是命令李莲英拆掉司机座位，让孙富龄跪着开车。

车祸的场景和那些官员被惩罚的场面给孙富龄造成很大的心理刺激，现在听说慈禧太后让他跪着开车，这对孙富龄简直是致命的打击，这跪着咋开车呢？手脚并用都不够，没有脚的配合，怎么踩油门，怎么踩刹车呢？心有余悸的孙富龄再次体会到"伴君如伴虎"的危险，这样继续开车，喜怒无常的慈禧太后说不定哪一天不高兴，自己就会把命也搭进去。于是，他琢磨出一个主意，悄悄用棉絮堵塞了油管，然后谎称汽车坏了。好在当时国内没有人会修理汽车，受过惊吓的慈禧也没有了当初的新鲜感，从此再也没提起这辆车。

孙富龄经历了心酸和无奈，又担心事情败露，整日提心吊胆。于是，举家跑到南方隐居起来，一生再也不敢触碰汽车。

仰望星空的奇女子

最近,一张国外的老明信片引起了国人的关注,因为明信片上那位举着望远镜"仰望星空"的古代女子,竟是中国人。这个人在国内鲜为人知,在国外却备受推崇,世界最权威的科学学术期刊《自然》评选"为科学发展奠定基础的女性科学家",她入选;2000年,国际天文学联合会以她的名字命名了一颗小行星;2016年,美国畅销书《勇往直前:50位杰出女科学家改变世界的故事》中,她榜上有名;2018年美国出版的《数字的力量:数学的反叛女性》一书,也详细介绍了她对科学研究的贡献和影响。这个风靡国外,却被国人遗忘的人,就是18世纪的中国奇女子王贞仪。

王贞仪出生于名门望族。她很小的时候,祖母就教她阅读诗歌文学,祖父有大量的藏书,从11岁开始,她不分昼夜地阅读,从祖父那里学习了天文学。她的父亲是一名医术精湛的医生,传授给她医学、地理学和数学。

16岁时,王贞仪跟随父亲走南闯北,领略大好河山,正是这段经历开阔了她的视野,她开始专注于天文学和数学的学习。虽然生逢盛世,但那是皇权至上的时代,没有科学,天文学更是禁区,社会的主流是"女子无才便是德",王贞仪就在这样的一个皇权社会里,逆流而上,坚持自学,活出了自己的传奇。

王贞仪广为涉猎,尤其喜欢数学和天文学,并且对月食的研究达到了着迷的程度。数学是枯燥和深奥的,学习中她遇到很多困惑,面对困惑和挫折，她曾经写道："有好几次我不得不放下笔叹气，但是我知道我热爱它，我不能放弃。"正是这种受挫的经历让她意识到，让数学文献变得通俗易懂有多么重要，科学不应只限于几个受过良好教育的精英，让非专业的人也喜欢学才是正道。

于是，她把数学家梅文鼎的深奥著作分解成五卷本的《简单计算原理》，用简单的语言为初学者提供学习乘除法和勾股定理的方法。同时，她还撰写了关于毕达哥拉斯定理和三角学的解释性文章《勾股三角解》，正确描述了直角三角形三边间的关系。而那时，她还不到20岁。

王贞仪更喜欢天文学，渴望揭开宇宙奥秘，她不光学习中国的传统文化，还研究了很多翻译成中文的西方天文典籍，通过比较中西方的理论，她逐渐形成了一个超越时代认知，在当时尚未被广泛接受的观点——地球是圆的。关于这个问题，200年前，她用一句话轻易地做了回答："人居地上，各以所居之方为正。"她认为，地面的广度极大，而人所能观察的范围又很小，因此，虽然地球是圆的，但是从人的视角来说，所能接触到的地面是平的。在古代的中国，"天圆地方"以及"地心说"早已根深蒂固，西方的"日心说""地圆说"国内却鲜有人知。尽管她的看法在当时受到众多质疑，但她还是埋头潜心于自己的研究，探索大千世界的奥秘。

除此之外，更让西方科学家佩服的，是王贞仪对于日月食的解释。晴朗的夜晚，王贞仪会坐在院子里，观察月亮和星辰，有时，她会躲在屋里，偷偷做着实验。她看着头顶悬着的水晶灯，再看看立在东西窗边长桌上的两面大圆镜，她不时移动着圆镜，观察着三者之间的位置关系，用这样简陋的模拟装置多次实验，困扰她的月食问题突然有了答案。她用直白的语言，加上配图，撰写了一篇《月食解》。她在这篇文章中，解释了月食的形成原理，还对月亮的阴晴圆缺、日食进行说明，和现代的天文学阐述的日月食原理一致，这也是世界上第一份完备的日月食成因的解释，那时她才 20 岁。

25 岁，王贞仪遇到她的良人詹枚，一个家境虽不富裕，但对王贞仪却呵护备至的男子，二人结婚并定居宣城。王贞仪在操持家务的同时继续从事着她喜欢的事业，直到 29 岁因病去世。

"丈夫之志才子胸，谁言女子不英雄。足行万里书万卷，常拟雄心胜丈夫。"这是王贞仪的诗，也是她一生的写照。如一朵昙花，如一颗流星，王贞仪在短暂的一生中，活出了自己的传奇。在那个男尊女卑的时代，她如同一束耀眼的光，迎着世俗的偏见，做出了让世界为之叹服的卓越贡献。

今天，我们却从国外的明信片中了解到她的光芒，遗憾的同时，我们仿佛看到一个美好的女子，在 200 年前，坚定地抬头仰望着星空。

狮子鱼的生存哲学

在地球上，有一块人类触及很少的蓝色土地，被科学家们称为"海斗深渊"或者"超深渊"。"海斗"一词来源于古希腊神话，人们曾认为，在这个深度，就应该是冥王管辖之地，是人类的禁区。这个神话充分显示了海斗深渊的神秘色彩和环境的恶劣，它就在水深从6000米到11000米的水域，代表着地球上最深的海洋区域。

正如这个神话中所说，科学家和生物学家们刚开始也推测在海斗深渊中是没有生命存在的。因为这里的海底沉积物中散落着很多大大小小的石头，经常会发生地震，并且终年无光，温度低寒，近于结冰状态，缺乏氧气，食物资源匮乏。最可怕的是，这里有着巨大的海水压力，海水深度每增加10米，水中物体所要承受的海水压力就会增加一个大气压。如果是在10000米的海底，所要承受的压力将达到1000个大气压，相当于每一个指甲盖大小的面积上就得承受约一吨的重量，所以这样凶险的环境中怎么可能有生命存在呢？

但是，半个多世纪以来积累的研究成果已经推翻了人们的假设，与最初认为深渊中缺乏生命的观点相反，科学家和生物学家们在6000米以下深渊海域神奇地发现了不少海洋生物，并且展现出了明显的地域专属性。他们看着这些生物在远离人类、最静谧的深海中游来游去，深海狮子鱼就是这些生物的代表，这也引起了科学家们强烈的好奇。6000米以下的深海中，生物到底是如何维系生命的？

经过观察和研究，他们发现，这些生物依靠上层海洋沉降的有机质或与深部地球化学过程相关的化能合成作用维持生命，并且它们还展现出了对深度具有特别的依赖性。为了适应超深渊环境，狮子鱼产生了奇妙的形态变化。它们在皮肤、骨骼和细胞等方面经历了脱胎换骨的演变，以承受深海环境的巨大压力和其他挑战。因为常年生存于黑暗的海底，没有阳光照射，超深渊狮子鱼的皮肤色素和视觉相关基因发生了大量丢失，它们通体透明，而且视觉缺失，对可见光也不再有反应。为了适应高压环境，它们的骨骼变得非常薄，并且具有弯曲能力，头骨也变得不再完整。同时，研究人员发现，在高压和低温下，狮子鱼的肌肉组织也具有很强的柔韧性。通过对一尾超深渊狮子鱼的解剖，研究人员发现，它的胃部有近100个完整的甲壳类生物，这也就意味着，为了更好地应对食物匮乏的外界环境，它们需要像骆驼一样长久地储存食物。

　　无论是浩瀚的星空，还是海斗深渊，面对逆境，是随波逐流自生自灭，还是改变自我顽强应对，作为大自然的一员，狮子鱼做出了最好的回答。为了适应极端恶劣的生存环境，它们不断自我突破，自我蜕变，进化出适应超高压的能力，硬是在生命禁区活出了自己的精彩。从这一点上说，狮子鱼是我们的老师，面对逆境，战胜逆境，有些困难和挫折一旦突破，就会成为你的优势，也是它教给我们的生存哲学。

买来的麦当劳

雷·克罗克曾经是一名奶昔搅拌机的推销员，也做过销售经理。1954年，他去一家餐厅推销奶昔搅拌机时，发现这家餐厅生意非常火爆，这个街边小店每天排队的人都络绎不绝，很多人为了吃上一个牛肉饼，竟然心甘情愿地排队4个小时，这深深吸引了克罗克。经过观察，他发现这家店的服务效率特别高，客人刚刚点完餐，配好的餐就会出现在客人手里。这也让克罗克感到惊讶，同时觉得很有创意，当他参观完这家餐厅的生产线，并了解了店主两兄弟的创业经历后，他向两兄弟建议开设分店，但是两兄弟满足于自己这家店的营业额，不想做出改变。

被两兄弟拒绝后，克罗克没有灰心，而是一次次上门推销自己的理念："如果开分店，可以让餐厅走出小镇，走向大城市，甚至开遍美国，有可能还会开遍全世界。"可是两兄弟不为所动，还嘲笑克罗克简直是异想天开。最终，克罗克提出自己来开分店并给他们分红的建议，于是，克罗克成了这家店的加盟商。他甚至把自己的房产都做了抵押，孤注一掷。他也曾遇到资金流出现问题，可是他都顶住了压力，克服了困难，闯过了一道又一道难关，六年里，他拥有了这家餐厅的280家分店。

最终，因为经营理念的不同，克罗克在1961年向两兄弟买下了餐厅主权，成为这家餐厅的唯一主人，而这家店就是人们耳熟能详的麦当劳。如今，雷·克罗克是美国家喻户晓的人物，而他的事业也像他当初预言的，已经成为全球第一号快餐帝国。

乔布斯曾经说过，人活着，就是要改变世界，所以才有了苹果公司。

限制我们想象力的，不是贫穷，而是眼界和格局。一个人的眼界会决定他看到什么风景，而一个人的格局大小，决定着他的层次和结局。无疑，雷·克罗克就是具有大格局的那个人。

查全性大胆谏言

1977年底,举国上下欢欣鼓舞,因为570万学生自主报名参加了高考。重新恢复高考制度,离不开查全性的大胆谏言。

当时,查全性还是武汉大学的一名副教授,他接到通知,于1977年8月去北京人民大会堂参加科学教育座谈会。到了北京后,他发现参会的除了吴文俊、邹承鲁、王大珩、周培源、苏步青等著名科学家以及教育部的负责人外,邓小平同志每场必到。虽然邓小平并不发言,却一直在安静地听取大家的意见。查全性意识到这次会议的重要性,他拿出一张普通的格纹纸,开始写自己的发言提纲,因为太激动和紧张,铅笔都折断了好几次,才终于写好了不足6行字的发言提纲。会议进行到第三天,查全性大胆发言,他认为当前大学新生质量不高,主要原因在于招生制度的不合理。就像工厂进的原材料没通过检验不能生产出合格的产品一样,必须废除"群众推荐,领导批准"的招生制度,同时,他还对当时制度的不合理做了几点阐述,他这样说道:"我建议从今年开始就改进招生办法,恢复高考。今年能办的就不要拖到明年去办。"

他的话音刚落,举座皆惊。大家都注视着一言不发的邓小平。邓小平没有立即表态,而是环视四座问:"大家对这件事有什么意见?"王文俊、王大珩都表示赞同,邓小平又问当时的教育部部长刘西尧,当年恢复高考是否来得及。刘西尧说还来得及,代表们也纷纷表示来得及。邓小平略一沉吟,果断地一锤定音:"既然大家要求,那就改过来,今年就恢复高考。"全场响起热烈的掌声。

查全性的敢于直言，让中断了十一年之久的高考再次打开大门，按成绩择优录取大学生。而查全性也没有想到，正是自己的"敢讲真话"，改变了一代代人的命运。

你们说我"拼爹",其实我在拼自己

诺贝尔奖可能是众多科学家毕生梦寐以求的奋斗目标,有的人投入毕生精力,头发都白了,却还走在为诺贝尔奖陪跑的路上。然而,凡事总有例外,诺贝尔奖历史上就曾出现一位25岁的年轻获奖者,他保持最年轻诺贝尔奖得主头衔长达99年,直到2014年,17岁的马拉拉·尤萨夫·扎伊才刷新了他的纪录。可是,获得诺贝尔奖并没有给他带来太多的成就感,他一直活在靠"拼爹"获奖的阴影中。这位如此年轻又如此苦恼的诺贝尔奖获得者就是英国物理学家劳伦斯·布拉格。

1890年,劳伦斯·布拉格出生在澳大利亚阿德莱德,父亲是物理学家亨利·布拉格,当时正任阿德莱德大学的数学和物理学教授。受父亲的影响,小布拉格从小就表现出对科学和数学的兴趣,5岁时就被父亲送到圣彼得学院接受早期教育。他后来进入阿德莱德大学就读,系统学习了数学、化学、物理,并于1908年,以优异成绩获得数学学位。

同时,小布拉格的父亲老布拉格收到了英国利兹大学物理学教授的聘书,并决定回到故乡工作,而小布拉格也准备去当时世界科研最前沿——剑桥大学深造。于是,1909年,小布拉格随父亲回英国,准备报考剑桥大学。

让小布拉格没想到的是,在入学考试前,他患上了肺炎,只能在病床上完成考试。尽管生病,小布拉格仍考取了优异成绩,获得了艾伦奖学金,进入剑桥大学成就最顶尖的学院——三一学院学习,这所学院曾因培养出培根、牛顿、拜伦、哈代、罗素等众多著名人士而声名显赫。

小布拉格在这里完成了数学方面的学习后，转而学习物理，成为物理系的研究生，师从大名鼎鼎的约瑟夫·约翰·汤姆森教授（电子的发现者，1906年获得诺贝尔物理学奖）。

1912年，德国物理学家马克斯·冯·劳厄和他的同事们发现X射线在晶体中的衍射，从而证明了X射线的波动特性。当时，有些科学家相信X射线是一种电磁波，是晶体中的原子对X光的衍射造成的，更多科学家认为X光是粒子，老布拉格就是后者的代表人物，可是，劳厄的实验结果却无法用粒子假说来解释。得知了马克斯·冯·劳厄的研究结果后，老布拉格立马开始实验，想推翻马克斯·冯·劳厄的理论。

得知父亲的想法后，小布拉格也开始研究X射线，经过几个月的反复探索，小布拉格发现，父亲的理论是不正确的，他发现X光确实是一种电磁波。一直活在父亲光环下的小布拉格，不敢轻易否定父亲，于是更加深入地研究，反复实验，最终确定父亲的观点确实是片面的。

小布拉格把自己的发现告诉了父亲，精通物理学理论和实验的老布拉格心领神会，意识到儿子的理论确实是正确的。于是，他让小布拉格把自己的研究成果写成论文发表。

得到父亲认可的小布拉格，在两三个月的时间内，就完成了基于X光是波动在晶体的原子三维矩阵中产生衍射的理论，这个理论后来被称为"布拉格定律"。布拉格定律，不仅解释了X光衍射现象的模型，还实践了根据X射线的波长和角度，推算出晶体结构的方法。之后，小布拉格在《剑桥哲学学会学报》上发表了关于这个课题的第一篇论文，而他的父亲老布拉格在利兹大学建立了一流的X光研究实验室。

从此，小布拉格与父亲组成"黄金搭档"，致力于X光的研究，一系列卓越的研究成果，也不断从这对父子的大脑中流淌出来。比如，他们发明了X射线光谱仪，提供了科学测量谱线位置和强度的工具。

1915年，因"开展用X射线分析晶体结构的研究"，布拉格父子两人共同获得诺贝尔物理学奖，是世界上唯一一对同时获得诺贝尔奖的父子。只是，父亲的光环实在太耀眼了，这样的荣誉并没有让小布拉格高兴起来，甚至还郁闷了好几年，因为很多人把过多的成就都赋予了父亲，说小布拉格只是靠着父亲才获奖的，尽管父亲在多个场合解释，这个荣誉更多来自小布拉格，但是始终没有消除小布拉格"拼爹"的阴影。卢瑟福作为老布拉格的一个亦师亦友的存在，得知小布拉格得奖后，给予的不是夸奖，而是一句意味深长的话："你家孩子获得这种认可实在是太早了。"

获得诺贝尔奖后的小布拉格，在曼彻斯特大学担任物理学教授，并成为剑桥大学卡文迪什实验室主任，为实验室开辟了许多新的研究方向，大力扶持固体物理学，鼓励发展生物物理学、天体物理学等边缘学科。其中，在他的带领下，实验室首次用 X 光来研究生物，这个直接促成了用 X 光发现 DNA 的双螺旋结构这项研究的成功。再后来，小布拉格还获得不少成就，然而，这些统统都抵不过老一辈科学家的"经验"和"执念"，外界流传的仍然是小布拉格"拼爹"。

1965 年 12 月，诺贝尔奖的组织方在斯德哥尔摩特意举行了庆贺小布拉格获得诺贝尔奖 50 周年典礼，小布拉格还应诺贝尔基金会之邀，介绍了其研究领域过去 50 年的发展状况，这可是历史上第一个"诺贝尔讲座"。在这次讲座上，小布拉格还不得不再次澄清自己的确是布拉格定律的首创者。诺贝尔奖官方网站也曾在 1915 年获奖者一栏里刊登了一篇题为"父辈的陷阱"的文章，来特别澄清这段让人尴尬的历史。

可贵的是，在这段活在"拼爹"阴影的时间里，小布拉格始终保持初心，在学术界勤奋耕耘，凭借自身的实力打破了大家对他的质疑，最终成为大家都心服口服的大师。

被纪念的 14 秒失误

2018 年俄罗斯世界杯 1/8 决赛日本队 2 比 3 惜败比利时队，是世界杯的经典一战。日本队在领先 2 球的大好形势下被对手连扳三球惨遭逆转，尤其是在全场比赛即将结束时，被对手在 14 秒内组织起一次快速反击得手完成绝杀，饮恨出局。

本来已经领先的日本队，最后这黑色的 14 秒，成为他们抱憾终生的时刻。很多日本队球员再也不敢回看这 14 秒，因为他们再也不想重复那种糟糕的经历了。面对沉浸在痛失好局的懊恼中的日本足球队，日本 NHK 电视台敏锐地把注意力集中在了这 14 秒钟。到底在这 14 秒内，比利时队做出了哪些正确的选择而赢得了比赛的胜利，而日本队在防守过程中的哪些失误让他们错失世界杯上更进一步的良机？

带着这些问题，NHK 电视台开始了长达半年的采访之路。他们先后采访了对阵双方的教练和球员，一秒一秒地还原了当时的比赛，一段一段地分析其中的过程，那 14 秒之间的每一个微小的细节和每一个瞬间球员所作出的选择，终于赤裸裸地呈现在双方和观众的面前。

日本 NHK 电视台面向公众播出了一部 50 分钟的纪录片，在这部纪录片里，出现了当时赛场上丢球的所有球员，以及 28 台摄像机捕捉到的不同画面慢动作地反复回放，同时还用动画、数据、特效等技术还原了这 14 秒发生的点点滴滴。这也是那次世界杯后，日本球员首次面对那令他们心痛不已的 14 秒钟，他们终于不再选择刻意的遗忘和回避，重新面对自己的失误，开始了诚恳的研究和反思。

主教练西野朗面对镜头仍然眼含热泪，追悔莫及："在2比0领先的情况下，我只想着保持现状，所以给了球员模糊的误导，导致了场上球员心态上的犹豫。"队长长谷部诚说："我有不能实现的东西，也有达不到的东西，与其后悔和懊恼，不如干净利落地接受自我。"老将长友佑都说："就算有很多机会，情况对我们非常有利，也要警惕其中的危机，这一点我要牢记在心。"在这部纪录片里，他们每个人都勇于揭开那14秒的伤疤，深刻剖析失败的心理、技术和战术原因。

重新面对这14秒的失误，日本NHK电视台的做法告诉我们：犯错不可怕，可怕的是不断地犯相同的错。所以，他们选择去纪念这14秒的失误，为的就是下一次不再犯这样的错误。这14秒曾经让他们品尝了失败的滋味，现在，又让他们获得了更好的成长。

捐衣"成瘾"的快递小哥

程昂,一个在北京干了八年快递员的年轻人,最近却因为干公益引起周围人的称赞。作为一名服务人员,他拥有热情、善谈的基本素养,作为一名公益人,他拥有一颗爱心。

程昂的老家在山东,从小父母就给他灌输一种普世的价值观,做人要厚道,多做好事,就是为自己为后人积德。所以,程昂一直坚持做公益,与父母的影响有很大关系。

有一次,程昂去一个小区送包裹,因为包裹太大,所以他决定送上门。开门的是一个中年妇女,看到包裹,她当时很纳闷:"为什么会退回呢?不是很需要这些衣物吗?"经过了解才知道,原来这家主人是教师,捐赠了一些自己不穿了的棉衣,按照地址邮寄后,结果被退回来了。后来,程昂又遇到两次类似的包裹,程昂觉得应该了解一下包裹被退回的原因,于是仔细查对了收件地址,才发现当时那个地方的快递服务还没到乡镇,由于收件人未能及时去县城取件,所以邮件被退回。

2017年,程昂偶然从网上看到新闻,某些机构收到捐赠的衣服后,不是送去贫困地区,而是低价卖出去,这让程昂很生气:"我觉得这种事很不道德,他们这是在把别人的善意当成赚钱工具。"联想到以前的几次包裹退回事件,程昂决定为公益事业尽一份力,他亲自联系接收地点,从网上找到一个位于内蒙古通辽市的公益机构,觉得提供的信息很可靠。为了进一步确认信息,他一方面找当地的朋友帮忙打听,再通过电话联系沟通,之后又找机会亲自到通辽市核实,确定以后往这个公益机构邮寄衣服。

此后，程昂除了干快递员，周末开始了自己的公益事业。作为一名快递员，其间的辛苦不言而喻，但是程昂每天却很充实快乐。虽然自己工资不高，生活条件也很差，但是他在收取捐赠的衣物时，仍然坚持只按照成本价收费。一起工作的哥们有些很不理解："我们就是生活在底层的快递哥，自己的温饱都解决不了，还做什么公益，不知道你这样做为了什么？"面对同伴的嘲讽和质疑，程昂只是一笑了之。

刚开始去小区收衣服时，基本都是周末。有一次，程昂背着足足三大包衣服从楼栋里出来，刚巧遇到几个人进门，他背着衣服往旁边一让，让其他人先进来。他往外走时，听到后面的人说："听说这个人收了衣服寄给贫困山区，到底寄不寄谁知道啊？"听到这里，他心里很不是滋味，不被人信任的感觉真得不好受，可是怎么打破这种不被信任的魔障，他却没有头绪。

很意外的一条短信，让程昂思路开阔起来。有一次，他收到了内蒙古通辽公益组织的一条短信，那是一条受捐方写的感谢信。他把这条短信用彩页的形式打印出来，贴在经常捐助衣物的小区宣传栏里，后面有接收的公益组织名称。

这条短信给了程昂极大的满足，也让他觉得自己做的事情确实很有意义。他在朋友圈以及各小区的宣传栏宣传说，以后对捐赠衣物的快递免收运费，并且还会免费提供装衣服的方便袋，只要大家把衣物洗干净就好了。开始有的人不相信，可是每次捐赠，看到程昂真的免费，大家反而不好意思了，觉得一个干快递的年轻人都有这样的爱心，自己也不能不体谅他的难处，反而争着主动交快递费的更多了。每次程昂都会说："虽然我的收入不是很高，快递费我还是出得起的，大家尽管放心好了。"慢慢地，人们捐赠的衣服开始多起来，并且还出现了令人温暖的反向感谢信，是捐赠者写给受捐者的："远方的陌生人，您好，感谢您给了这些衣物第二次生命，祝您工作生活顺心如意。"

面对记者的采访，程昂羞涩地笑着说："我只是大家爱心的传递员，做着自己应该做的事，不值得宣传。我没有钱做慈善，但是我会尽自己的绵薄之力去做公益。"

凌晨三点的闹钟

　　钟扬是复旦大学研究生院院长，是一名扎根西藏十六年的援藏干部。熟悉钟扬的人都叫他"工作狂魔"。钟扬每天坚持工作二十个小时，他的身体也一次次发出预警。2015年5月，他因脑出血被送进了医院，而他的学生徐翌钦负责陪夜。当晚半夜，徐翌钦被一阵手机铃声惊醒，不禁纳闷：这个点会有谁打来电话呢？为了不影响老师休息，徐翌钦赶紧找到钟老师的手机，拿出一看，才发现是闹钟，定的时间是凌晨3点。天亮后徐翌钦问钟扬，钟扬说："这是用来提醒我睡觉的闹钟啊。"

　　在西藏，由于高原缺氧，夜里总是睡不深，很容易醒，即使当地人也要睡够八九个小时才有精神起来工作。面对徐翌钦的担心，钟扬却说："我在上海只睡两个小时，在这里睡四个小时，已经很奢侈了。"钟老师就像一个工作狂一样，为了节省时间，即使吃饭，他也只用五分钟解决，偶尔会抓住开会的间隙打个盹儿。钟扬的努力，换来了一系列的成果。他指导西藏大学申请到历史上第一个国家自然科学基金项目、第一个植物学硕士点、第一个生态学博士点，帮助西藏大学培养出第一位植物学博士，将西藏大学生物多样性研究成功推向世界……

　　凌晨三点的闹钟，只不过是钟扬十六年间的一个微小片段。钟扬之所以取得如此大的成就，正是他勤奋和努力的结果。

空白的立功证书

  1964年10月,在我国西北戈壁,伴随着一声霹雳巨响,巨大的蘑菇云腾空而起,我国第一颗原子弹爆炸成功。这次实验的成功震惊了西方,而仅仅两年后,1966年,我国首颗装有核弹头的地地导弹飞行试验取得成功,再一次震惊世界。

  跨越半个多世纪后,2019年夏天,记者和酒泉发射中心的工作人员来到了吉林省四平市刘启泉家,揭开了一位无名英雄辉煌而神秘的人生。由于保密原则,半个多世纪后,人们才知道刘启泉竟是"两弹结合"试验的"阵地七勇士"之一。他说:"当年,在距离发射工位只有160米的地下控制室内,我们7名官兵冒着生命危险进行指挥操作,如果试验出现问题,我们将牺牲在这个只有几平方米的地下室内。"

  试验成功后,刘启泉荣立二等功。但这份沉甸甸的荣誉,他却只能默默藏在心底,不能跟任何人透露一个字,更不能与亲人分享。刘启泉打开已经泛黄的二等功证书,记者和酒泉发射中心的工作人员看到,两页的"主要事迹"栏内一片空白。他的老伴看到这张特殊的证书,非常自豪地说:"没想到他一声不响地骗了我这么多年。"

  一份空白的立功证书,恰如刘启泉和他的同事们浓缩的一生。惊天的事业,沉默的人生,展现的却是他们强烈的爱国和献身精神,如一股清泉,涤荡着我们浮躁的心灵。

苏叔阳的拒绝

苏叔阳是当代著名的剧作家、作家、文学家、诗人，他的话剧代表作《丹心谱》公演时一度万人空巷，他介绍中国五千年历史的《中国读本》以十五种文字出版，发行1200万册。

有一次，《百家讲坛》邀请苏叔阳去讲讲话剧、电影和中国文化。《百家讲坛》栏目曾经捧红了很多学术明星，能够参加这个栏目可以说是名利双收，而曾经在大学教书18年的苏叔阳也完全有资格有能力面对全国观众。但苏叔阳却说："我不敢去。我觉得我的板凳深度不够。书面上的东西我可以说点儿，但是后面拿什么垫底啊，我觉得我差远了。"可是栏目组却不打算放弃，因为苏叔阳一直研究中国历史，拥有深厚的文化积淀。栏目组在邀请函中点名让他讲讲孔子，苏叔阳最后还是拒绝了："虽然我的讲课很受学生们欢迎，但是对去《百家讲坛》却很害怕。因为我准备孔子讲座的时候，发现掌握得越多越不敢讲，心里总是战战兢兢。"

因为写作，苏叔阳获得包括国家图书奖、"五个一工程"奖、人民文学奖、金鸡奖（特别奖）等若干奖项。获得过如此多成就的学者，面对《百家讲坛》栏目的一再邀请，苏叔阳谦虚地说："在学术研究中，我还是个涉世未深的少年郎，也就力所能及地办点小事儿。"如此的谦逊、清醒、低调，正是他独特的人格魅力和思想魅力之所在。

蚂蚁森林多少克能量种一棵树

2016年8月,支付宝在公益板块上线了蚂蚁森林。支付宝用户用步行代替开车、在线缴纳水电煤、网络购票等行为节省的碳排放量,将被计算为虚拟的"绿色能量",用来在手机里养大一棵棵虚拟树。一旦虚拟树长成,支付宝蚂蚁森林和公益合伙人就会在沙漠种下一棵真树,以激励用户的低碳环保行为。

三年来,越来越多的人加入蚂蚁森林的游戏中,支持支付宝的环保行为。蚂蚁森林需要17.9千克能量才能种出一棵树,面对17.9的数据,很多网友开始猜测这个神秘数据的意义。有的网友幽默地说:"只差0.1小树就成年了。"有的脑洞大开地说:"17.9,就是一起走的谐音,号召大家绿色出行。"面对网友的猜测,支付宝平台给出了权威性的答复:"设置这个17.9千克的原因,是因为一棵梭梭树一生平均能够吸收17.9千克的二氧化碳。"

梭梭树被称为荒漠生态的保护神,一棵成年梭梭树能固定10平方米荒漠,起着很好的防沙固土作用,被誉为"阿拉善植被之王"。一棵梭梭树吸收17.9千克的二氧化碳,也许不会影响我们的现实生活。但是10亿支付宝用户,日积一善,会种下多少棵梭梭树,会吸收多少二氧化碳,已经成为一个客观的大数据。

"勿以恶小而为之,勿以善小而不为",感谢一直默默从事环保的公益人。大家一起走吧。

点读机女孩迎着流言飞

最近,"点读机女孩"的高考成绩再次登上了热搜。不过,与往年的"被高考"不同,今年,这个阳光快乐的女孩以超过本科线113分的优异成绩被中国传媒大学播音主持专业录取,实现了她的大学梦。她就是广州女孩高君雨。

说起高君雨,就绕不开那则年代久远的广告:"哪里不会点哪里,妈妈再也不用担心我的学习了!So easy!"这句耳熟能详的魔性广告,曾经陪伴了整整一代人,也让"点读机女孩"高君雨成为家喻户晓的广告童星。而让她没想到的是,这个广告效应会持续时间那么久,所带来的流言蜚语一直伴随着她的成长。

自从高君雨的点读机广告热播,她就成了众人关注的焦点。每次考完试,同班同学的家长问完自己孩子的成绩,下一句一定是"高君雨考了多少分?"如果比较的结果是高君雨成绩好,那迎来的是同学被骂,可是如果高君雨成绩不如自己的孩子,那迎来的就是对高君雨的冷嘲热讽:"怎么比你还低啊,不是So easy吗!"

面对这样的冷言冷语,一开始,高君雨会觉得难过,觉得自己真的不如别的同学。她妈妈总是及时安慰她:"别人那样说,首先证明是你做的广告太好了,大家至今还记得。其次,一时考不好说明不了问题,妈妈觉得你学习很认真,做得已经很好了。"懂事的高君雨说:"妈妈,我会继续加油的。"

这样的事情经常发生,高君雨已经学会笑着面对,她的成绩也越来越好，可是更大的暴风雨又来了。她刚上初二，暑假时却遭到了严重的网络暴力，有网民发微博说高君雨当年参加高考，还有鼻子有眼儿地编造了她的高考成绩只有 403 分，连本科线都没过，最后还加上那句"让你天天 So easy。"这条微博引起全网的关注，无数的跟帖与评论带给高君雨很大的舆论压力。她在短暂的迷茫后，当天发出一条微博："本人在此郑重声明：我是一名初二学生，今年既没有参加高考，也没有参加中考，网传高考成绩 403 分更属无稽之谈，希望那些恶意传播谣言者止于此，也非常感谢那些关心我，鼓励我，爱护我的人，我会继续努力的。"

高君雨渐渐明白，自己不可能每天去面对那些恶意的谣言，也没有时间去应对别有用心的抹黑。她能做的就是以此为动力，用实际行动去证明和反击。她做到了，从初中开始，她就是学校里的学霸，当着语文课代表，成绩稳坐年级前三名，尤其是英语，每次总能考到 115 分以上。

2016 年，高君雨以 727 分的好成绩考入高中，她所有的单科成绩都是 A，她用实力击碎了别人的质疑。即使流言满天飞，她也能用阳光心态一笑而过，因为她有更值得关注的事情去做。高中三年，她付出了更多努力，做的试卷和书籍堆成了一座小山。她像所有同学一样，面对自己的兴趣和梦想，去艰难地做出选择，做一名艺考生。停课 3 个月冲击才艺，参加艺考，最后的 100 天冲刺学业，她拼尽了全力，也收获了成长。

从初二开始的年年"被高考"到现在的正式被录取，高君雨承受了比同龄孩子更多的挫折和压力。回忆过往，现在的高君雨非常坦然地说："外界的谣言已经不会成为我成长的阻碍，而是会转化为我前进的动力。我十分感谢这些经历，让我一步步努力前行，成为更好的自己。"

深夜里的爱心接力

夏季的凌晨两点，城市的霓虹灯仍然闪烁。可是对于江彬这个外乡人来说，此刻觉得万念俱灰，走在空旷的街头，饥饿和疲惫让他只能背着大包，拖着行李慢慢地挪动着脚步。离家还有二十多公里，希望天亮可以安全回家。

想起这次外出打工白跑一趟，他忍不住又叹了一口气。可是女儿的学费还没有着落，自己还必须尽快重新找到活，争取在开学前为女儿凑齐8000元的学费。想起女儿，他不自觉地嘴角扬了扬，女儿很争气，怎么也得让女儿好好读书，再也不能像自己这样过一辈子了，江彬边想边走。但他无暇欣赏城市的夜景，因为已经两天没有吃饭了，现在的他饥肠辘辘，口袋里已经没有几块钱。

这时，一辆出租车在他身边停下来问："你去哪里，我看你走了一晚上了，上车我送你一程。"江彬急忙摆摆手，摇摇头，因为他连饭钱都没有了，哪来乘出租车的钱呢。的哥好像看出了他的窘迫："上来吧，不要钱。"这时，后车窗玻璃摇了下来，里面的乘客问："你去哪里？"江彬说去都江堰。乘客打开车门："正好，我们顺路，上来吧。"然后帮江彬把行李放在后备箱。

在车上，三人开始闲聊。的哥说："今天晚上，我都来来回回看到你三次了。你这是从哪来？"江彬说："西安。本来是去打工干活的，可是到了那里，因为老板的资金不到位，迟迟不能开工。十几天没有活干，没有收入，身上的钱眼瞅着只剩二十块，还没有开工的迹象，等不下去了，只好买了车票返回成都重新找活干。下了火车，公交已经停运了，

193

身上也没有钱打车，想走回去。谢谢你们啊。"的哥说："你这还没吃饭呢？这里还有点水果，你先垫垫吧！"很快到了乘客张彬的目的地，三人已经熟络起来。的哥汪国强要去送江彬，张彬执意说："行了，别争了。你还要跑车挣钱，赶紧回去吧，我送他回家。"汪国强调转车头走了。

　　张彬回家开上自己的车，拉上江彬前往都江堰。知道江彬两天没吃饭了，途中刚好看到一家还在营业的面馆，张彬点了几个猪蹄和面，请江彬吃了一顿继续上路。通过聊天，张彬知道江彬家里比较贫困，他的女儿今年考上了成都理工大学，江彬正为女儿的学费发愁，急于找个活干。了解了江彬的情况，张彬说自己目前正在做绿化生意："这样吧，你如果临时找不到其他工作，可以先来我的公司上班，做绿化工。其他工人每天150块，我给你200块，这样的话，你很快就能凑齐孩子的学费了。"听到这里，江彬被张彬的热心肠感动了，他语无伦次地表达着自己的感激。

　　凌晨四点，张彬终于把江彬安全送到了家。张彬走后，江彬激动地把自己一个晚上的经历告诉了老婆："世上还是好人多啊，我们素不相识，人家不光把我送回家，还给我找工作，在电视上才会看到的事，居然在我身上发生了。"江彬还叮嘱自己的女儿，自己在困难的时候得到了好心人的帮助，希望女儿也好好读书，以后遇到有困难的人，也要积极出手帮助，好好回馈社会。

　　作为这场爱心接力的主角，的哥汪国强轻描淡写地说："就是顺路的事，关键是乘客很通情达理，同意拉江彬。"乘客张彬却说："每个人都会遇到大大小小的难处，或许有一天我也会遇到困难，别人也会伸出援手。希望尽自己的一点力量帮助到他。"

　　异乡的深夜，一场爱心接力，温暖了江彬，也温暖了更多的人，它让我们相信，前方的路没有想象的那么难，生活值得我们去努力。所以，请保持内心的光，说不定什么人什么时候会借此走出黑暗。

费巩灯

浙江大学一年一度的新生开学典礼上，总会出现这样一个节目：全场灯光熄灭，在一片黑暗中，一盏盏橙黄的灯火缓缓举起，星星点点，像一双双闪动的明眸，带给人光亮，带给人温暖。这盏灯，叫费巩灯，而它的发明者是浙江大学教授费巩。

费巩，是浙大史上最著名的训导长。1940年，费巩随浙江大学西迁到遵义。当时的浙大校长竺可桢邀请费巩担任训导长，禁不住竺可桢的苦口婆心，费巩答应了。同时有言在先，只要教授原薪，不要训导长的薪俸，省下的钱用于改善学生的物质生活。

上任之后，费巩每天晚上都要去学生宿舍巡视。他看到学生们在昏暗的油灯下学习，光线很微弱，一有风吹过灯就灭，还有呛人的浓烟。如此艰苦的条件，一定会影响学生的视力，这让费巩倍感心酸。为了改善宿舍照明，费巩开始改良设计植物油灯，他用废弃的铁香烟罐放上植物油和灯芯，加盖上玻璃灯罩，并在罐子上戳了许多小孔，还设计了铁片用来导热，这样，油灯就既保持明亮又不会有浓烟。实验成功后，费巩又利用自己的津贴，定做了八百多盏油灯分发到学生宿舍，使学生们的学习条件得到了很大改善。

可惜，这样一位受学生爱戴的训导长，却只干了四个月就被迫辞职。费巩遇害后（1945年被国民党特务杀害），学生们为了纪念这位师长，就把这盏灯称为"费巩灯"。这体现了学生对他人格、学问和精神的敬仰。费巩如同这一盏灯火，在风吹雨打中始终不曾熄灭，暖暖地点亮了学生的心田。

时至今天，不仅仅是开学典礼，凡是学校举办的大型晚会比如120周年校庆文艺活动，浙江大学都保留这样一个节目，也是让每一个浙大人都记得这盏照亮了教育天空的"费巩灯"，记得这位暖暖如灯的费巩先生。

尊重失败

1999 年，陈航成为阿里巴巴的一名实习生。实习结束，陈航去日本留学十一年，2010 年重新回到阿里巴巴。回到阿里的陈航，首先做起了一淘，却一直反应平平。2013 年，陈航又开发了新一代好友互动 APP 来往，可惜仍然无疾而终。两次尝试接连失败，连续的打击带来的挫败感让陈航沮丧和心痛，也一度让他情绪低迷，压力巨大。他觉得既对不住器重他的马云，也对不住跟随他的兄弟。

有一天，马云遇到陈航，看到他板着脸，低着头走路。马云拍拍他的肩膀说："失败也是经验，也值得尊重，都是厚积薄发前的积累。"一句话点醒了陈航，在反思了一段时间后，陈航终于做出选择，既然一淘和来往不行，那就换一个战场再大干一场。陈航走进马云的办公室说："我们要在湖畔花园重新创业，如果这次再失败，团队会解散，资源会重组。"马云没有迟疑，爽快地答应了他的要求。于是，陈航带着他立下的誓言，领着来往的六个核心成员，在一淘和来往失败后，一头扎进了湖畔花园，七个人近乎不眠不休，专注于项目的研发，终于做出了钉钉。如今，钉钉用户已经突破两亿，企业组织数突破 1000 万。而陈航也已经成为阿里钉钉 CEO（首席执行官）。

说起这段经历，陈航感慨地说："我特别感谢马云，感谢他提醒我要尊重失败。"

三个月拍摄一个瞬间

2019 年野生动物摄影师年赛在伦敦自然历史博物馆落下帷幕。中国摄影师鲍永清凭借作品《生死对决》，从 100 多个国家的 48000 多件作品中脱颖而出夺得冠军，获得了年度野生动物摄影师的称号，也引起了大家的关注。可是让人想不到的是，这张照片却是用了三个月时间拍摄出来的。

《生死对决》拍摄的是藏狐抓捕土拨鼠的瞬间，完美展现了自然界的精彩、真实与残酷。伦敦自然博物馆馆长说："这一引人注目的画面捕捉到了大自然的终极挑战——为生存而战。"评审主席也说："这是一个完美的时机，来自青藏高原的图片非常罕见，而且它还捕捉到了藏狐与土拨鼠之间精彩的互动。"

面对记者的采访，鲍永清说："为了拍得这个瞬间，我等了三个月。因为藏狐和土拨鼠体型差不多大，藏狐捕食土拨鼠有一定难度，比较少见。每年的三月份藏狐开始哺乳，我就从那时开始一直密切观察，等待一个时机。"记者问拍摄背后的故事，鲍永清有些感慨："当时，青藏高原虽然已经是春天，但还是经常下雪，温度也特别低，即使到了五月份，温度也在零下 10 摄氏度左右。这张图片中的藏狐为了捉到土拨鼠，一动不动，埋伏了很久，我当时也冻得浑身发抖，结果如它所愿，出奇制胜，土拨鼠成了藏狐的晚餐。而我拍摄的就是藏狐向土拨鼠发动攻击的生死瞬间。这三个月的盯梢和等待都值了。"

感人的作品背后，总有一个感人的故事。为了拍得一个震撼人心的瞬间，鲍永清在寒冷的青藏高原，坚守了三个月，这种精神值得我们尊敬。

梦想没有终点

最近在埃及第三级别足球联赛的比赛中，现年 75 岁的伊兹·埃尔丁·巴哈德代表十月六日队打满 90 分钟并攻入一个点球，帮助球队 1∶1 战平对手。这是巴哈德加盟球队以来的首秀，首发出场的他戴上了球队的队长袖标，身披 23 号球衣。

年过古稀的巴哈德自幼年起就有一个梦想——成为职业球员。但他的逐梦之路并不平坦，屡屡与足球擦肩而过。

成年后，为了养家糊口，巴哈德成为一名城市工程顾问，虽然梦想不得不屈服于"柴米油盐"，但他仍然热爱足球，是业余赛场的风云人物。直到几十年后，当他成为 4 个孩子的父亲和 6 个孙辈的爷爷时，他心中的梦想被重新点燃，他一次次对自己说："去干自己喜欢的事，不要在乎年龄。"

巴哈德一边参加苛刻的足球训练，一边向多家俱乐部发出请求加盟的申请。几个月后，埃及联赛第三级别球队"十月六日"在对他进行了严格的考核后，与他签约。

无独有偶，在中国也有这样一位"最帅大爷"，他因为 80 岁那年走 T 台而引起无数人的关注。他的名字叫王德顺。

24 岁那年，王德顺成为一名话剧演员。50 岁那年，他开始研究形体哑剧，并让中国的哑剧走上世界舞台。57 岁那年，他创造了"活雕塑"，在自己身上涂满黑色油彩，再现世界著名雕塑《思想者》，形象逼真，让人过目不忘。80 岁那年，他精神矍铄地走在 T 台上，自信地向观众展示自己。

其实，自从成为一名演员后，王德顺大半生时间都是默默无闻，然而正是这大半生的坚持和奋斗，才让他有了专业的积累和精神的积淀，才成就了他 80 岁的梦想实现。大家看到他在 T 台的高光时刻背后，是他大半生对艺术孜孜不倦的追求，对自己近乎苛刻的严格训练。

两位老人的走红也如一道光照亮了很多平凡人的梦想之路。有人曾说过这样一句话："对普通人来说，生活中重要的事情不是遥想未来，而是动手理清自己手边实实在在的事情。"的确，与憧憬未来，畅想成功相比，脚踏实地地去努力，去奋斗，也许更能让人接近梦想。

无论是巴哈德还是王德顺，他们成功的背后是多年来对梦想的执着追求。对这样的人来说，梦想真的没有终点。

另一种满分

1929年，钱学森以总分第三名的好成绩考入了上海交通大学。入学后的钱学森保持了一个学霸的品质，对自己要求极其严格，尤其是每次考试书写工整认真，卷面非常干净漂亮，各科老师都很欣赏钱学森，水力学教授金悫就是其中之一，他经常在办公室炫耀，批阅钱学森的试卷简直是一种享受。

有一次，金教授组织了水力学考试，他为了让学生明白学无止境，在试卷的最后设置了两道高难度的大题。批改试卷时，金教授高兴地发现，钱学森最后两道大题都答上了，并且全做对了。金教授对钱学森大加欣赏，唰唰几笔，就给钱学森得了满分。下一节课发试卷时，金悫教授举着钱学森的试卷，对全班同学说："这次考试钱学森得了满分，是第一名。"接着他笑眯眯地把试卷递给了钱学森。而接过试卷的钱学森却满腹狐疑，身为一个学霸，考完试后在与同学讨论的过程中，钱学森就已经发现自己考试中出现了一个笔误，他误把公式中的"NS"写成了"N"，而按照以严谨出名的金教授的标准，应该会扣掉4分。所以钱学森早就估算出自己的水力学分数是96分，可是现在金教授却说自己考了满分，难道真是自己记错了？钱学森坐下来，仔细审查了试卷，结果发现自己真的写错了，看来是金教授没有看出自己的错误。

于是，钱学森马上举手："报告老师，我的试卷不是满分。"同时，钱学森把试卷上的错误圈出来，递给了金教授。金教授一看，果然有个错误，于是把分数改成了96分。同时，钱学森的诚实严谨，也让金教授非常感动，他说："尽管钱学森同学被扣掉了4分，但是他实事求是，严格要求自己的学习态度，在我心中仍然是满分，同学们要向钱学森学习！"

特殊的捐赠

2020年9月12日上午，一场特殊的捐赠仪式在保定高阳县退役军人事务局举行。捐赠物品中，有抗日战争、解放战争、抗美援朝战争中的照片、回忆录以及荣誉勋章等。而最让现场的人震撼的捐赠物品，是两枚灰黑色的子弹头。

这些捐赠物品，都来自老军人李景湖。而让人动容的两枚子弹头，竟来自李景湖老人的骨灰。95岁的李景湖老人因病去世后，殡仪馆工作人员在老人的骨灰中，发现了两枚子弹头，一枚在头部位置，一枚在腰部位置。工作人员与李景湖老人的女儿沟通确认时，他女儿在震惊之余，也终于明白了父亲几十年来总是头疼的原因。13岁参军的李景湖，先后参加了抗日战争、解放战争和抗美援朝战争。1953年7月在朝鲜坪山南村战斗中负伤致残。1958年因为头疼、右手及右脚残疾，选择转业地方。

转业到地方的李景湖，很少与人提及自己的过去。二十年的戎马生涯，人生的高光时刻，都被他深深埋在心底。战争中留下的伤痛陪伴了他七十年，因为经常头疼，2001年，女儿陪他去医院做CT检查时，医生怀疑他大脑中有"金属异物"，可是因为在脑中存在时间太久，已经长在肉里，所以没有做进一步治疗。直到生命终结，那两枚陪伴了他近70年的子弹头终于被发现。

这两枚子弹头，深深诠释着老人"苟利国家生死以，岂因祸福避趋之"的爱国情怀，也让后人深深铭记，到底谁才是最可爱的人。

最柔情的碰瓷

深夜，洛阳的退休职工张惠祥照常来牡丹桥边逮虾。刚过几分钟，张惠祥就听到一阵骚动，原来大家怀疑牡丹桥上有人要跳河。

最近洛河上游开闸泄洪，水位上涨，水流湍急，如果跳下去，即使不溺水也一定会被水冲走。大家赶紧报警，张惠祥也和大家一起关注着桥上的人。

那是一个姑娘，她先是在桥边晃悠，像是喝了酒，走着走着，忽然就翻过了护栏。这时，附近民警也赶到了现场，一位年轻民警一边向姑娘跑去，一边喊："不能跳。"可是姑娘情绪激动，她朝民警喊："不要过来，你再往前走我就跳下去。"民警只能在距离姑娘十米的地方停下，还一边做着工作："好的好的，我不过去，你有啥事和我说，别冲动。"可是姑娘只是声嘶力竭地喊着不让民警靠近，其他什么都不说，围观的群众也束手无策。

这时，张惠祥悄悄朝旁边的民警招招手，拿着一根竹竿慢悠悠地走向姑娘，一边走一边漫不经心地说："哎，哎，哎，你别踩着我的渔网啊。"见姑娘没反应，他忽然提高嗓门吆喝起来："说你呢，看看你的脚，是不是踩到我的渔网了。"还生气地用竹竿敲打着护栏。姑娘被激怒了，回过头跟张惠祥大吵起来。年轻民警瞅准机会，一个箭步蹿上去，抓住姑娘的胳膊，围观的群众也赶紧一起上手，大家合力把姑娘从桥栏外拉了回来。

事后，面对镜头，张惠祥说："当时姑娘很激动，不让警察靠近。为了转移姑娘的注意力，所以我就去碰了个瓷儿。"张大爷说完，哈哈笑起来，旁边的民警也夸张大爷机智："这是我处理过的最柔情的碰瓷。"

面对失败

2020年9月,童旭东院士受邀参加央视《开讲啦》。一位大学生提问:"在高分系列卫星的研发过程中,您有没有焦头烂额的时候?您又是如何度过、如何克服的呢?"

童旭东说:"从事航天项目,并不都是一帆风顺的。各项任务必须要做到精益求精,所以经常会遇到各种失败。"接着,童院士分享了自己遇到的最大的一次失败。那次,他负责一个航天项目,结果他用了八个月的时间,来处理这个工程的故障。八个月里,他经历了无数次的失败,无数次的挫折,当时感觉真的走投无路了。但是,他仍然坚持寻找解决问题的办法,最终峰回路转,实现了设备零故障。童院士说:"中国有句古话,车到山前必有路,只要你坚持,付出努力之后,事情总会有解决方案。只是过程会非常痛苦。这需要执着的毅力,也是科研人员需要具备的一种精神财富。"

接着,大学生分享了自己在做科研过程中的困惑。她有些羞涩地说:"在长达四个月的研究过程中,我和自己的四个队友用了一个多月的时间来查找问题。面对困难,我们互相挖坑、踩坑和填坑。尤其是面对失败,我们还会互相甩锅,互相指责说这个问题是别人造成的。"最后,她问:"我想知道,在你们的团队中,你们会互相甩锅吗?"童院士非常诚恳地说:"不管是航天项目,还是其他项目,团队里的每个人都应该是同舟共济的。只要有利于完成任务,每个人都应该义无反顾地把任务完成,团队协作非常重要。无论多么小的项目，都不是一个人单打独斗可以完成的，必须大家通力协作才能完成。"

童院士面对失败的亲身经历，值得我们借鉴。

特立独行的费曼

1965年10月21日凌晨，著名物理学家费曼接到了一生中最重要的一个电话。这个斯德哥尔摩的来电，通知他获得了当年的诺贝尔物理学奖。

费曼还没有从凌晨的电话中清醒过来，就立刻陷入了迷茫中。因为家里的电话接连不断地响个不停，有亲戚朋友的恭喜，更多的是新闻媒体的采访或演讲邀请。接听了十几个电话后，费曼再也无法忍受，更无法入睡了。他干脆把话筒拿起来放在桌子上，然后走进书房，坐在椅子上，闭目思考。他有一个预感，以后自己可能再也无法静下心来做研究了。无数的演讲、采访等行政事务将充斥他的生活，而这些恰恰是他非常不喜欢的，他才不要变成奖牌似的人物。想到这里，他做出一个决定，他绝不能陷入那种泥沼里，他要完成自救。

他回到客厅，刚把话筒放回电话机上，电话铃又响起来了，打来电话的是《时代》周刊的记者。费曼直截了当地问记者："如果我拒绝领诺贝尔奖会怎么样？"记者没有想到费曼会提这么个问题，他思考了几秒钟说："如果您拒绝领诺贝尔奖，那将会是一个比您获奖更'爆炸'的新闻。"听罢，习惯了天马行空的费曼也不得不妥协了："那还是去把奖领了吧。"

荣获诺贝尔奖后，费曼依旧坚持自己的科研工作。他的好朋友韦斯科夫和他打赌10美元，说不久后费曼就会坐上某一领导位置，开始他的行政工作。十年后，韦斯科夫不得不寄给费曼10美元，因为在这十年中，费曼没有担任过任何一项有行政责任的主管职务，不仅如此，他还连续5年辞去美国国家科学院院士的荣誉头衔。

费曼最终没有止步于诺贝尔奖，他继续心无旁骛地坚持科研工作，成为近代最伟大的理论科学家之一。

2 公斤月壤

1980年,叶培建作为改革开放后的第一批留学生,到瑞士留学。

有一天,叶培建去日内瓦联合国知识产权总部参观,那里陈列的都是各国最高知识水平的代表作。我们中国的展品是一个景泰蓝花瓶,画面栩栩如生,光泽温润厚重,工艺非常精湛。叶培建就那么默默地与这个瓶子对视着,一股自豪之情油然而生。相比之下,美国的展品乍一看就粗糙得多,名字却很奇特:"一片月亮"。叶培建仔细观察,才发现这竟然是来自月球的一块岩石,在放大镜下,岩石的纹理清晰可见。正是这惊鸿一瞥,叶培建感到极度震撼。他默默地对自己说:"总有一天,我们也要取回属于自己的月壤。"

让叶培建没想到的是,学成回国后,他的工作真的一步步靠近探月任务,并成为核心人物之一。我们的探月任务有条理、有步骤地开展着,首先实现了绕月飞行,然后实现落月,落月背面……接下来要完成月壤采样返回。其间,叶培建无数次想起在瑞士看到的那"一片月亮",想起那片月亮带给自己的心理冲击。终于在一次去瑞士开会时,他故地重游,并用手机拍下了那"一片月亮",发送给共同参与探月任务的每一位主任设计师,鼓励大家通过自己的努力,早日取回月壤,证明我们国家的实力。

2020年,嫦娥五号探测器成功采集回2公斤月壤。面对魂牵梦绕了几十年的月壤,叶培建高兴地说:"月壤能不能拿回来代表着一个国家的科技水平,我们没有吹牛,我们做到了。"

背着国徽去开庭

说起法官和法庭，你会想到一个庄严肃穆的审理大厅，威严的法官坐在审判席上，庄重地敲下法槌的画面。可是，有这样一位法官，他有时会像我们的想象出现在审判庭，但更多的时候他却背着国徽，跋山涉水，行走在田间地头……

他就是云南省怒江州贡山县人民法院的邓兴法官，一位在怒江边土生土长的傈僳族法官。

邓兴所生活的怒江州是深度贫困区。在这里，大多数自然村还没有通公路，很多村民的纠纷即使立了案，也很难保证原告、被告同时出现在法庭，并且很多村民根本不会说普通话，正常的开庭无法展开。

怎么更好地解决基层民事纠纷，怎么更方便老百姓诉讼，怎么更深入地向百姓普及法律知识？几经思考和探索，邓兴开始背国徽，溜索道，躲落石，钻老林，在大山深处开设"巡回法庭"。

那天，邓兴接手了一个案件，在海拔2000多米的雪山上，原告批阿社养的六头独龙牛神秘死亡，批阿社状告村民余文博，说余文博在附近有个工棚，还种了一块玉米地，怀疑是余文博故意喷洒除草剂药死了自己家的牛。看过案卷之后，邓兴决定亲自到现场看一看。

去现场，要越过怒江峡谷，邓兴溜索过江后，接着又在高山峻岭中攀爬到2000米的地方，一侧是万丈悬崖，一侧是巍峨高山，道路险峻。经过千辛万苦到达现场后，邓兴了解到，为了养这六头牛，批阿社贷了三万元的款，还向亲戚朋友借了三万元，而一头成年独龙牛可以卖两万元。可以说，这六头牛是批阿社的全部家当。同时，邓兴也通过村民了解到，批阿社和余文博家的矛盾由来已久，余文博的小儿子就曾经因为偷批阿社的牛而被判刑，至今还在服刑中。也有村民说，余文博在山上修了一条路，批阿社要放牛就必须路过那里，所以余文博曾经跟批阿社要买路钱。邓兴还了解到原被告两家还有亲戚关系。经过几番实地了解，邓兴庄严地挂好国徽，现场开庭，在庭审现场，原被告双方分别举证，证人也都一一来到了现场。最终，案件得以顺利调解。

在邓兴二十年的法官职业生涯里，六头牛，一棵树的案子都经手过。在他眼里，老百姓再小的事都是大事。每年，邓兴的足迹遍及全县五十多个村镇，行程近万公里，他也获得了当地村民的爱戴和信服，每次他背着国徽从田间地头走过，都有老百姓亲切地跟他打招呼。

有一次，他去怒江边办理一起离婚案，正逢当地大集，熙熙攘攘，热闹得很。不少村民看他背着国徽走来，都跟过来看热闹，邓兴意识到这是一次普法的好机会。他干脆把庭审现场设在了村委会大院。案件的原告是女方，主张离婚，而丈夫作为被告方，虽然有过错，反而不想离婚，要想离婚也可以，必须给他赔偿。面对原告被告，面对庭审现场的村民，邓兴用当地的方言动之以情，晓之以理地告诉被告："她嫁给你是要好好跟你过日子的，你不劳动，她好好干活，怎么你还像吃亏了一样呢？你觉得谁才是受害方呢？"有理有据的说服，让被告最终放弃了要求赔偿的诉求，最后双方自愿协议离婚，明白了事理的被告最后还拥抱了邓兴。

有人问邓兴，这么小的案子也要翻山越岭，费尽千辛万苦去做巡回法庭值得吗？他说："值得！只要村民之间少一些矛盾和仇恨，社会就会多一分安宁，多一分和谐。法官多走一些路，百姓就会少走一些路，这样更接近群众，能更好地普及法律知识，增强群众的法律意识，很有必要。"

每次开巡回法庭结束，邓兴都会仔细地擦拭国徽。有人问："每次设巡回法庭都要背着国徽吗？"邓兴回答："必须背着！国徽在的地方，法律就在。公正司法，是我们的责任，我们必须对得起金灿灿的国徽。"

零分的提醒

1938年,王希季考入西南联大机械系,跟着以严格著称的刘仙洲教授学习机械原理。

有一次,刘教授出了一份机械设计试卷,并明确要求设计数据要精确到小数点后三位。王希季利用手边的计算尺,就可以估算到小数点后两位,于是他早早完成了试卷,并没有再进行计算。试卷下发后,王希季傻眼了。原来刘教授在他的试卷上画了一个大大的"鸭蛋",他竟然考了零分。年轻气盛的王希季很不服气,跑到刘教授面前,问为什么给自己零分。刘教授语重心长地说:"作为一名设计人员,首先要明确设计要求,并千方百计地满足这个要求。这一点做不到,你就不是一个合格的设计师。题目中明确要求精确到小数点后三位,你却精确到两位,你觉得自己合格吗?"王希季羞愧地低下了头。

这次考零分的经历对王希季影响非常大,甚至影响了他一生。后来,王希季主持返回式卫星工作时,提出了零失误零缺陷的要求,保证了航天事业很高的成功率。这项事业,苏联经过了十三次失败才获得成功,美国经历了十二次失败才获得成功,而我们国家,王希季团队第二次就获得了成功。

作为"两弹一星"元勋,有人说,王希季的卓越成就了母校的荣耀,他的智慧成就了国家的腾飞。而王希季却常常提起考零分的经历,这个零分时时提醒他,从事科学事业必须严谨,来不得半点马虎。

为枇杷正名

林顺权教授是华南农业大学园艺学院的院长,也是中国园艺学会理事及枇杷分会理事长。

1988年,林顺权作为公派留学生去日本留学。在日本,他发现自己家乡的枇杷被叫做"日本山楂",更令他震惊地是,这一名字不光被国际学术界认可,国际上还一致认为枇杷原产地就是日本。作为从小吃着枇杷长大的福建人,作为福建农业大学园林专业的高才生,林顺权决定通过自己的努力为枇杷正名。为了证明枇杷原产于中国,林顺权先后查阅了大量的历史文献和文学典籍,最终确认枇杷确实原产于中国,现四川汉源、泸定、会理,湖北长阳、恩施等地,尚有野生枇杷。根据《周礼》(公元前3世纪)记载,枇杷的栽培历史至少已有2000多年,据宋代陶毂《清异录》记载,在公元10世纪时,长江流域已广泛种植。唐朝时,中国繁荣而开放,大量的日本遣唐使去长安学习中国文化,枇杷也随遣唐使传入日本。1784年传入法国,1787年由广东传入英国,1889年由日本传入美国。

林顺权因为这件事,开始专注于枇杷的种质资源和生物技术研究,并写了多篇论文,先后在日本、德国、荷兰、美国和西班牙的国际知名专业刊物上发表,在这些论文中,他都在努力为枇杷的原产地正名。1998年,他参与撰写的论文《枇杷:植物学和园艺学》刊登于《园艺评论》,林顺权在这篇论文中明确提到,枇杷的日本名字"biwa",发音是源于中国的"枇杷",这也说明日本栽培的枇杷是从中国引进的。这篇论文被专业书刊收录，而该书所收录的文章皆由世界权威机构撰写。2006年，日本终于承认枇杷原产于中国。

林顺权教授用一辈子专注于枇杷研究，用大量论文向世界发声，为枇杷的原产地正名。他用自己的人生践行着"一辈子只做一件事"，这种专注的学术精神，也恰是他的人格魅力之所在。

17年拍摄一次拍手

英国的柏维尔博士是一名海底探险家，也是倡导保护野生动物的科学家。他坚持认为深入了解海洋生命，可以保护这些野生物种免受污染危害。

17年来，他经常在英国靠近诺森伯兰海岸的法恩群岛附近海域潜水，在海洋里无数次遇到灰海豹，经常听到一种犹如枪炮声的特殊爆裂声，这种爆裂声的音量非常大，他一开始不相信这是海豹发出来的。可是听到的次数越多，他开始怀疑这种声音似乎真的来自灰海豹，似乎是灰海豹的拍手动作发出的声音。于是，十几年来，他开始跟踪拍摄灰海豹，可是跟踪了17年都没有录到海豹做这种动作。

直到17年后，柏维尔在海底"偶遇"了一只灰色的公海豹，这只灰海豹似乎对他很有兴趣，还热情地和柏维尔互动起来，它伸出自己的脚蹼触摸柏维尔，凭借丰富的经验，柏维尔开始一动不动，然后慢慢用手轻抚海豹，海豹居然爬上了柏维尔的头。嬉闹了一会儿，公海豹开始向远处游去，拍摄中，柏维尔看到，这头公海豹正朝一头母海豹游去，这时附近还有其他的公海豹，接着那只公海豹就开始拍手，它多次拍动自己的鳍状肢，发出了枪炮般响亮的声音。

说起用17年拍摄到灰海豹的一次拍手，柏维尔说："这已经很值得！用17年的时间，让我们了解到灰海豹的拍手似乎是它们一种重要的社交行为，任何干扰此行为的事可能都会影响这个物种的繁殖成功率乃至生存，这也让我们知道如何去保护它们，再长的时间都是值得的。"

在集中营里观鸟

1942年春天，正值第二次世界大战。在德国瓦尔堡的一个战俘集中营里，关在囚室里的英国战俘约翰·巴克斯顿忍受着饥饿带来的眩晕，翻开自己的上衣，仔细地捕捉着一只只跳蚤。

忽然，一声清脆的鸟鸣传来，巴克斯顿趴在囚室的窗口一看，一只欧亚红尾鸲从窗外一闪而过。这一声鸟鸣，像一道阳光射进巴克斯顿的内心，把他从恐怖、饥饿甚至窒息的氛围中拉了出来。二战前，巴克斯顿就是鸟类爱好者，一直喜欢走南闯北地到处观鸟。他敏感地意识到，现在欧亚红尾鸲进入春季迁徙季了。

这一声鸟鸣，唤醒了巴克斯顿内心对自由的渴望和对大自然的热爱，也让他重燃生活的信念。虽然自己深陷集中营，失去了空间上的自由，只能在有限的范围内活动，每天的生活危险而压抑，但是他意识到自己还有很多热爱的事情可以去做，比如观鸟。他开始重拾自己的爱好，每天利用有限的自由活动时间观察集中营区里欧亚红尾鸲的活动，注视这些自由的精灵，晚上回到囚室就记录它们的迁徙繁衍状况。渐渐地，这样的观鸟生活让巴克斯顿压抑的集中营生活变得有所期待，他变得乐观、自信。

后来，巴克斯顿在集中营里又找到了三位跟他一样的观鸟爱好者，大家秘密组建了一个观鸟小组，每天各自观察鸟类，彼此分享心得，再回囚室记录观鸟笔记。这份因为观鸟得来的对生活的意志和希望，也逐渐传递给了其他人。即使后来巴克斯顿被转移到了别的集中营，他也一直坚持观鸟。三年多的时间，对鸟类的热爱支撑他熬过了在集中营里的上千个日日夜夜，同时也指引他积累了大量的鸟类观察资料。

正如巴克斯顿一直期待的，二战结束后，他重获了自由。离开集中营回到英国后，他把自己三年来记录的观鸟材料加以整理，写成了一本博物图书《欧亚红尾鸲》，一时轰动了整个英国。

契科夫曾写道：“人只要一辈子钓过一次鲈鱼，或者在秋天见过一次鸫鸟南飞，瞧着它们在晴朗而凉快的日子里怎样成群地飞过村庄，那他就会一直到死都苦苦地盼望自由的生活。”深陷困境的巴克斯顿也告诉我们，即使身在斗室中，只要你还保持热爱，就总能找到逃离庸常生活的绳索。

恢复原貌的地标建筑会说话

一个普通得无法再普通的日子，英国伦敦西敏市卡尔顿酒吧倒闭了。酒吧倒闭本来是人们司空见惯的事情，但是卡尔顿酒吧作为西敏市广为人知的地标建筑，却因此登上了头条新闻。

当地上了年纪的人们因此而经常唉声叹气，这可是陪伴了他们大半生的建筑啊。从他们一出生起，卡尔顿酒吧就静静地伫立在街角，就连炮火连天的战争年代，它都因躲过了一次次空袭而安然无恙。这里是他们这些老伙计凑在一起谈古论今的地方，如今怎么突然就倒闭了呢？

一些中年人也纷纷发脸书表达自己的失落。因为在他们眼里，这里已经不仅仅是简单的酒吧，更像是一位老朋友，默默地见证了他们的人生岁月。从小跟着父辈在这里玩耍，后来带着自己的孩子来这里喝酒、聊天、看足球比赛，简直是其乐融融。但随着酒吧的倒闭，这一切美好的回忆似乎再也难以寻觅。

更让人想不到的是，很多年轻人也在新闻媒体上发表自己的感慨，说在生活节奏越来越快的今天，卡尔顿酒吧就像是一片净土，洗涤着人们内心的焦灼，一旦进入这个酒吧，似乎会让你的一切开始慢下来，受伤的心灵也会得到修复。

毋庸置疑，这座建于20世纪20年代的古老建筑，在当地人眼里已经成为一个传奇。可是为什么一夜之间就倒闭了呢？经过多方了解，原来是一家开发商拿到了卡尔顿酒吧的所有权，他们向政府提出申请要拆除酒吧，改建豪宅。

消息一出，霎时就引起了轩然大波。民众发起抗议，纷纷陈述理由，希望酒吧能够完整地保留下来。英国古迹协会也向当地政府提出建议：卡尔顿酒吧见证了西敏市的衰落和繁华，见证了英国的战争和崛起，具有很大的历史价值，应该将它列入国家二级保护古迹建筑名录。最终，政府采纳了人们的建议，驳回了开发商的开发申请。

就在大家兴高采烈地认为卡尔顿酒吧可以安全地保留下来时，让人们震惊的事情却发生了。开发商竟然先斩后奏，在夜深人静之时开来了挖掘机，偷偷地强行拆毁了这座百年建筑。当人们一觉醒来，惊愕地发现，卡尔顿酒吧已经变成了颓垣败瓦……

愤怒的人们蜂拥而至，纷纷指责开发商。开发商却不以为然地说："我甘愿受罚。反正就算被罚也最多5000英镑（约4.5万元人民币），如果建成豪宅至少可以赚几百万，两者相比罚款算什么！"开发商的话彻底激怒了人们，在他们眼里，卡尔顿酒吧是拥有珍贵回忆的宝地；而在开发商眼里，竟然只值5000英镑，这简直是对历史的亵渎！于是，政府部门的电话一个上午的时间被打爆了，人们打来电话的目的非常一致，严惩开发商。面对人们的愤怒，政府出面协调。开发商则表示，一切已成事实，他们会承担并支付一切赔偿和惩罚。

对于开发商嚣张态度之后的认错行为，人们并不买账。他们继续在脸书和其他网络平台发起抗议，更有许多民众全家出动，走上街头游行，要求开发商必须从废墟中整理出"一砖一瓦"，按照卡尔顿酒吧原来的样子重建。随着网络舆论一边倒的诉求越来越声势浩大，西敏市政府遂下令开发商必须一砖一瓦地重建卡尔顿酒吧，从装潢到摆设，都不能有丝毫变动。

在人们的齐心声讨下，开发商一夜暴富的梦想最终破裂。他们不得不打起"很快回来"的广告牌，在废墟中整理一砖一瓦，从英国古迹协会和附近居民手中搜集大量卡尔顿酒吧的图片资料，历经六年时间，还原了卡尔顿酒吧的原貌。

　　果戈理曾说："当诗歌和音乐都沉默，只有建筑在说话。"西敏市市民用自己的行动让卡尔顿酒吧恢复了原貌，重新伫立于街头。这座百年老店在以后的每一年、每一天、每一时、每一秒，都在向擦肩而过的行人诉说着它的历史，让人们一看到它就像到了家一样亲切……

勿需让座

一块显眼的"勿需让座"的电子灯牌,引来网友的点赞。众多网友都为这块牌子的主人刘增盛老先生点赞,大连地铁更是为老人颁发了文明乘客奖。

说起这块"勿需让座"的牌子,76岁的刘增盛说:"现在的年轻人太棒了!有一次我刚上车,就有一位年轻人起来让座,怕我不接受,还特意说明他马上就到站了。可是,到站后,年轻人前脚下了车,后脚又从后面的车门悄悄地上了车。我发现后,非常感动。我知道现在的年轻人都不容易,工作压力很大,上班也很累。虽然有个座位更舒服些,但是我身体好,站着也没问题。"于是,他从淘宝上买了那块"勿需让座"的LED的牌子,别在身上,希望自己站着时,不会对年轻人造成困扰,也不要让他们觉得纠结。

网友纷纷表达对老人的敬意:"忽然感觉人心没有想象的那么阴暗了,一个硬核老爷爷。"

人与人之间的善意和感激,会形成一种暖暖的氛围,每次想起都会带来温暖的感觉。

第五辑　心理氧吧

修复

有段时间，她很烦恼，因为她忽然发现，儿子读初中后跟他们的对话往往三句就断。一周不见，周五傍晚接上孩子，她问，这周在学校怎么样啊？儿子说，挺好的。学习怎么样啊？还行吧。她又问，与同学关系怎么样啊？儿子不耐烦地说，还不错。然后便开始长时间的沉默。

晚上，一家人坐在一起吃饭。儿子问："爸爸，你晚上出门吗？"爸爸说："你用吧。"儿子说："我没什么可用的呀。"爸爸蹙蹙眉，说："那你胡问八问啥？"儿子急了："我问问怎么就不行了？"最后儿子去了自己房间，不欢而散。

她打电话给孩子的班主任，问问孩子在学校的表现，也说了自己的困惑。老师在电话里说："为什么不直接表达您的想念呢？为什么不问问孩子想干什么呢？"她放下电话，来到儿子房间，看着比她还高一头的儿子，她说："儿子，你一周不在家，我和爸爸真的很想你。"儿子抬头看看她，说："我晚上有篮球比赛，你和我爸能去看我比赛吗？"妈妈出来，问孩子爸爸能不能去，爸爸说："我还以为他想玩电脑呢！那就一起去吧。"有时，亲子之间的修复，就是有话直说。

有段时间，他觉得婚姻难以坚持。本来下班时间一到，他牵挂家里怀孕的妻子，急急忙忙开车回家，打开家门，却看到她仰卧在沙发上，玩着手机，连头都不抬一下，他忽然觉得烦闷。过了几天，他打开门的一刹那就喊："媳妇，我回来了。"然后走到媳妇身边，蹲下身子，摸摸媳妇的肚子说："宝宝，我是爸爸，你跟妈妈玩得好吗？"又一天，他下班回家，刚打开门，就听到媳妇说："老公，你回来了？"那一刻，他笑了，这就是他想要的小日子。出门，心有惦念，回家，有人期盼。有时，婚姻的修复，需要学着表达。

有段时间，他觉得纠结甚至心痛。因为那么多年的莫逆之交却忽然变得疏离，直到形同陌路，不再联系。有了微信后，他给朋友留言：当年因为帮另一个朋友担保贷款，对方无力偿还，自己需要帮他还款，所以没能帮到你，很抱歉请原谅。朋友回了一杯咖啡，什么也没说，他却不再那么心痛，一个解释，修复了他的心结，虽然他们平时仍然很少见面。

无论亲情，爱情和友情，都需要好好经营和修复。而想要彼此靠近，彼此温暖，就需要感受爱，表达爱。当我们用愉悦的，温暖的语言去表达自己的爱意，身上就带了某种光芒，既照亮了别人，也温暖了自己。也许，这就是万物的修复之道吧！

那些不被父母看好的爱情

他是班长，她是团支书。他高大帅气又稳重睿智，她天生丽质还冰雪聪明。没有任何意外的，他们相爱了。他对她嘘寒问暖，她对他知冷知热。在所有同学眼中，他们郎才女貌，珠联璧合。大三那年，他带她回了老家，她得到了他妈妈的喜欢和认可。不久，她带他去她家，她的父母对他态度疏离，不冷不热。他心有芥蒂，但依然对她温情脉脉。

大学毕业，他去北京一所名校读研，她留在本校读研。她不时把自己的生活费寄给他，夏天给他寄去单衣，冬天给他手织毛衣。那时，相爱的人，远隔两座城市，没有手机，只有通信。偶然一次，她发现自己的邻座（大学同学）桌上放着一封信，字迹是她最熟悉的，厚厚地摆在邻座桌上。而她，也看到了自己桌上的那封信，薄薄的。敏感如她。她联想到开始的一周一信，到后来的日渐稀薄。邻座回来后，拆开信读，却忽然向她投来一瞥。看到她正好也在看自己，很不自然地笑了。她依旧回信，只字未提，却在心里等待一个解释。他的解释没来，邻座却找到了她，说他们已经相爱半年。她说，好啊，祝福你们。她偷偷大哭了一场，开始投入学习，不再盼信。

他提前放假，来学校玩耍。他说要跟她谈谈。她说：算了，我还信心满满地期待与你共度余生，你却已经与别人携手同行。我无悔，无愧，无疚，当然也不是非你不嫁。我放弃了亲情走向你，你却用事实证明，我的选择有多愚蠢。或许你也没有错，怨只怨我飞蛾扑火。我跟你已经无话可说，你让我懂得，我的父母是对的。

她追了他三年，是的。两人感情趋于稳定。可是她父母不同意，因为她的家庭优渥，二线城市。他家境一般，农村小镇。他父母也不同意，说这样的闺女咱们养得起吗？再狠心的父母也拗不过自己的儿女。

结婚那天，她父亲早早就出门散步去了，表达自己的抗议。结婚之后，每次双双回她家，打水，买饭的活总是他的，即使旁边有很多人，丈母娘也是吩咐他去，并且从来没有称呼。吃饭时，剩菜剩饭得他吃，没人跟他争，没人跟他抢。饭桌上，她们一家人说说笑笑，没人理他，他也不好搭话。但他心安理得，因为从小父母就教育自己要勤快，不要浪费，他觉得自己做了该做的，以后都会好起来的。

结婚后，她只随他去老家过了一次年，就再也不愿意回去。家里冷，如厕不方便，孩子小，饭菜不可口。诸多理由，都成为她回他家的障碍。他单独回家，父母总是问原因。她的那些理由他说不出口，编造的理由多了，父母便不再问。她父母生病，他跑前跑后，医药费一分不少。他父母住院，她不理不问，却因为他给了母亲1000块钱而破口大骂。

结婚16年，他忍耐了16年，她强势了16年，生活仍然过成了一地鸡毛。他心生悲凉，自己的婚姻真的门不当户不对。每天下班，他会长时间坐在车里抽烟，听音乐，也不愿意回到那个有时掉一根针都能听到的寂静无声的家，有时又河东狮吼得四邻也不安宁的家。

她和他同一年毕业，在同一家医院上班。她是父母的娇娇女，他是典型的凤凰男。她有不懂的业务总是向他请教，他每次都会竭尽全力帮她解答。他们偶尔一起值夜班，他会帮她分担一些工作。她看得到他对病人的负责，看得到他对工作的孜孜不倦。他看得到她的善良美好，看得到她眸子里的星辰大海。他们彼此扶持，互相依赖，心生欢喜。她的父母也经历过白手起家，所以知道生活不易。他们提醒她，如果真的嫁了他，就要接受很多不同于自己的生活习惯。

她说："这些我都想到了。他能知我冷暖，他能懂我心情，我也会陪

229

他面对一切。只求爸爸妈妈能相信我的眼光，他是我选中的人，就是我的爱人。你们能不能像待我一样善待他？"结婚后，休班他们一起回他老家。他带她去田野，去父母的庄稼地。有时他们也会一起回她家，她陪妈妈做饭，他陪爸爸下棋。吃饭时，她妈总是烧女婿最爱吃的菜，他爸总爱跟女婿喝一杯，边吃边聊。她会撒娇，到底谁是你们亲生的？

两家老人不时聚聚，她爸妈会开车去乡下，他爸妈会骑三轮车来城里，每次他爸妈来，左邻右舍都会来坐坐，说每次都跟着吃新鲜菜。他们把婚姻过成了最自然的样子，不是你家，不是他家，是他们的家。

有句话说：如若相爱，便携手到老；如若错过，便护他安好。无论选择亲情，还是选择爱情，都没有错。爱情和亲情是我们的盔甲，也是软肋。如果选择坚持，那就全力以赴，因为这个选择，是两个人的豪赌。如果选择放弃，那就各生欢喜。

看见是疗愈的开始

男孩打完篮球,身体畅快淋漓,带着一份满足和快乐,迫不及待地想回家跟父母分享,刚说没两句,妈妈就说,哎呀,看你这一身汗,快去把衣服换了免得感冒。爸爸接过话,打篮球好啊,不光锻炼身体,又培养意志力,你要好好坚持下去。听完爸爸妈妈的话,孩子扔下一句,你们什么时候听我说说话?摔门进了自己的房间,谈话戛然而止,留下莫名其妙的父母,茫然地互相看了一眼,不知道孩子为什么忽然生了气。

女人在抱怨,结婚五年了,丈夫从来没给她买过一个礼物,从来没带她和孩子出去旅游过。这三年来,晚上孩子睡了,他还没回来,早上孩子还没醒呢,他就又走了。这个家有他没他有什么区别呢?朋友问,那你是怎么做的呢?她说,我们现在都分居了。他自己一个屋,我和孩子一个屋,一年了,我从来不给他做饭,不给他洗衣服,他的公司我一次都没去过,过年也是他带孩子回老家,我在自己家过。朋友看着她,问,如果你是一个男人,会娶这样的你吗?女人怔了一下,沉默了。

过了几分钟,朋友说,能不能说一件你先生做的让你感动的事?女人说,那天晚饭后,我带孩子出去散步,没想到下起了大雨,我们娘俩躲在公园的亭子里,过了很长时间,雨没有停,先生一手撑伞,另一手拿着一把伞,边走边找,直到看到我们。他抱着孩子撑着伞走在前面,我在后面看着他们的背影,真的很感动。

一对年轻夫妇,孩子不满两岁,他们在大城市打拼,孩子跟着爷爷奶奶在老家居住。年轻夫妇通过一个软件,用手机连接了孩子的生活空间。有一天两人打开手机，看到孩子躺在他们房间里，跟奶奶说，这是妈妈的睡衣，这是爸爸的睡衣，这是他们的拖鞋。夫妇俩看到了父母的眼泪，看到了孩子的眼泪。晚上，他们看到孩子没有吃饭，父母也没有吃，孩子躺在那里，奶奶给孩子量了体温，好像发烧了。他们打电话回家，是母亲接的，母亲说，家里都好，宝宝也很好，都睡着了。放了电话，他们看到母亲抹了抹眼泪，端来一盆水，给孩子擦洗身体，在降温。那一刻年轻夫妇泪流满面，决定周末就回家接孩子和父母，无论多难，全家人也要在一起。

　　生活中很多时候，我们也会被自己的眼睛蒙蔽，唯有用心去看，才会产生慈悲，看见爱。看见是第一步，是亲密关系疗愈的开始。

有一种伤害叫"过度期待"

某次班会。

班主任让同学们每人准备一张白纸和一支笔。然后每个人在纸上写出对自己影响最大的五个人名。因为某些原因,其中两个人不能陪伴你了,你会舍去谁呢?现在生活又有了某些变故,你又要舍弃其中的两个人,你会舍去哪两个人呢?最后只剩下了一个人,留下了谁?班主任说,大家如果愿意分享,可以说说取舍的过程和体会,不愿意分享的,可以体会一下拥有和丧失的感受。

最先起来分享的是小A。他说自己第一个舍去的是妈妈爸爸,最后留下的是自己的同桌。他说,妈妈对他太严苛,真的不知道她是不是自己的亲妈。他最后留下同桌的理由,竟是因为同桌对他好,经常鼓励他,也会听他的烦恼,陪他玩。

小A是七年级学生。老师说小A上课注意力不够集中,总是开小差,表现比其他同学慢半拍。期中考试,七科成绩只有两科及格,有厌学情绪。

班主任因为小A的话,回忆起了与小A妈妈的互动。期中考试后,小A妈妈打电话问小A的成绩,在电话里就哭了。说自己工作忙,仍费尽心思督促孩子学习,请家教,报辅导班,就是希望他能考上高中。

班主任联系了小A妈妈,并把班会时游戏的结果跟妈妈做了交流。妈妈很震惊,很受触动,沉默了很久。通过与班主任沟通,她意识到自己长期的语言暴力,对孩子的身心造成了很大的伤害。可是让小A妈妈费解的是，为什么小学时，小A的成绩还不错，到了初中就直线下降呢？

班主任建议：从小学到初中，科目增多，学习环境也发生了变化。如果孩子学习习惯不好，适应又比较慢，在科目多、时间紧的情况下，可能会出现成绩下滑。

当孩子失败受挫，成绩不理想时，家长应该及时安抚孩子低落的情绪，帮助孩子寻找问题产生的原因，而不是一味地指责，令孩子陷入自我责备、自我否定的旋涡。问题孩子往往源自问题家庭和问题父母，所以指责和惩罚对孩子的学习只有毁坏，没有成全。

与班主任谈话后，小A妈妈回家与小A爸爸进行了沟通。两人决心为了孩子，互相提醒，不再指责孩子。一段时间之后，小A妈妈打电话给班主任，说了家庭的变化：

他们试着放低对孩子的成绩期待，从过程中真正帮助孩子。月考之后，孩子的成绩没有很大改善，妈妈虽然很难受，但是尝试着调整自己的情绪，平静地面对孩子，不再批评指责，而是帮助孩子重新看了一遍试卷，让孩子把考试错了的题目抄在错题本上，建立起真正属于孩子的第一手复习资料，减少了同类题目的失分率。无条件的积极关注：周末，孩子完成作业后，不再让孩子泡在辅导书中。爸爸会陪小A去打打篮球，看到儿子一次次练习投篮所做的努力，爸爸开始用鼓励性语言给孩子加油。孩子得到父母的认可，玩得高兴，回来后主动提出想补补英语和数学了。

班主任也把小A在学校的变化告诉了家长，课堂上回答问题积极多了，学习习惯也有了改善，比以前自信了。第二学期的期中考试，就提高了8个名次，期末考试，进了班级前20名。

今年，小A已经顺利升入重点高中，虽然成绩仍然不是特别理想，但是父母对孩子充满信心，孩子也在快乐长大。

打击式教育，打击了多少孩子的自尊与自信？想要培养孩子健全的人格，家长首先要做的就是改变说话的语气和方式。这句话，不光对小A妈妈有启发，也警醒我们所有为人父母者，有一种伤害，来自父母的指责和过度期待。所以要改变孩子，先改变自己吧，让孩子觉得再没有比爸爸妈妈更温暖、更让自己有力量的词语了。您说，对吗？

用抑郁渴望关注的女孩

周一，第一节课刚下，班主任李老师推门进来，说她们班的小宇已经连续六周不完成作业。班主任把小宇叫到办公室，正常情况下，没有完成作业被老师叫的孩子往往局促不安，可是小宇却面带微笑。她说心情不好，不想写。

我通过交谈了解到，小宇最近两个月，紧张，烦躁，虽然天天上课，可是不能集中精力。自己擅长的科目也学不好，平时会的题目也做不对，感觉自己很没用，很难过。晚上熄灯后，小宇总在黑暗中想些乱七八糟的东西，有时怀疑自己活着没有意义。她与宿舍同学关系不好，班级里面也没有要好的朋友。

小宇还说，自己从小跟爷爷奶奶生活，上小学时回到爸妈身边。父母只看重她的成绩。她周末写作业时就胡思乱想，每次都不能很好地完成作业。每次开学前，她就紧张不安，写了很多与死亡有关的日记。

倾听了她的烦恼后，我问她，这些话有没有对父母说过，小宇说，没有。问她想不想跟父母说说，她说，想，但是不敢说。我问她，需不需要老师的帮忙。小宇同意老师先与她父母沟通，创设一个述说自己愿望的机会。于是我们用电话与她父亲沟通，父亲承诺来接孩子。

在等家长的时间里，我从班主任李老师那里了解到，小宇很少完成周末作业，开始总是说作业忘带了。她在班级与同学关系不好，爱跟同学炫耀，同学们比较疏远她。

周二，李老师电话了解小宇回家后的情况。小宇妈妈说，晚上爸爸陪小宇出去吃了饭，一起看了场电影，一家人聊天，了解了孩子的心理状态。母亲反思了对孩子的忽视，以前只觉得多给孩子挣钱就是爱孩子，现在看来这样想是不对的。

周三，小宇妈妈送小宇来学校。小宇妈妈说，家里有个店铺，每天开门早，关门晚，即使周末也一样。以前周末她都会电话督促小宇写作业，可是小宇都说已经完成了。我们跟小宇妈妈交流了孩子的在校情况，告诉她小宇虽然人在学校，可是并不能完成学习任务。小宇妈妈流泪了，说知道小宇最近出了问题，一个月前，他们也带小宇去心理门诊看过，医生开了抗抑郁的药。

老师说，小宇的状态，也许就是对家长的一种提示，想引起关注。小宇正处在青春期，身体增高特别快，心理发展却是滞后的，父母又忙于店铺，忽略了孩子的心理需求。孩子言语无法表达的，便通过躯体表达出来，各种症状会相伴而生，撒谎，不写作业，甚至生病。家长是孩子的一剂良药，多陪伴，多沟通，也许在这样糟糕的时候，也是让她变得更好的时候。

小宇的父母很快作出选择，让孩子通校。他们每天有一人接送孩子，然后再去店铺，来回路上也与孩子交流。周末会带小宇去店铺，在那里小宇写完作业，还可以帮他们关照客人。

一段时间之后，小宇妈妈打电话感谢老师，说看到孩子每天高高兴兴的，自己特别轻松。小宇的情绪状态也变化很大，她在作文中说，每天上学路上，看到天蓝蓝的，树绿绿的，很舒服。老师也指导小宇如何与同学交往，相信小宇已经开始与世界联结，走出心灵的孤独。

大宝对二宝的战争

有一段时间，犇犇的妈妈特别烦恼。自从生了二宝牛牛，大宝犇犇就像变了个人。三岁的犇犇会在牛牛刚睡着时，故意跑到弟弟床前大声吆喝，吓得牛牛大哭起来；看到牛牛吃奶，犇犇会说，我也要吃；看到妈妈抱着牛牛，犇犇会说，抱抱抱抱，一块一块；犇犇还会趁妈妈不注意时，用脚踢或者用手打牛牛。妈妈就纳闷了，明明跟犇犇说好要有个弟弟的，犇犇为啥就那么排斥弟弟呢？

从妈妈怀孕开始，因为要关照肚子里的二宝，妈妈抱犇犇的时间就变少了。二宝出生后，大家的注意力不自觉地会集中到二宝身上，有时甚至会把犇犇送到姥姥家或者奶奶家。像犇犇这样的三岁宝宝，正处于成长的第一个反抗期，会从心里产生不平衡的感觉，于是表现出退行的行为，黏妈妈、爱哭、爱发脾气、跟二宝抢奶吃，这些试图阻止妈妈接近二宝的行为，都是大宝缺乏安全感的表现，他在用这样的方式引起妈妈的关注。

而此时，如果不关照到大宝的情绪变化，以后可能会影响大宝性格的形成。所以照顾二宝的同时，爸爸妈妈对大宝的看见和关怀，会给大宝更多的安全感。爸爸妈妈要抽出单独的时间陪伴大宝，鼓励大宝说出自己的感受，或者陪大宝画画，把自己的想法用图画表达出来，允许大宝说出自己的委屈甚至愤怒。爸爸妈妈要多拥抱大宝，蹲下来跟大宝游戏，看着大宝的眼睛跟他好好说话，让他感受到爸爸妈妈的看见和爱。

像犇犇这样大的孩子，非常喜欢读绘本故事。现在有很多好的绘本故事对孩子有启发性，可以让孩子感受到成长的快乐和生命的美好。选择好的绘本故事，既可以让大宝了解到有弟弟妹妹是一件幸福的事，又能教会大宝跟二宝友好相处。《你们都是我的最爱》《汤姆的小妹妹》《跟屁虫》等都是不错的绘本。

两岁到四岁的孩子，特别喜欢玩游戏。利用游戏对大宝进行心理按摩，也是安抚大宝的好办法。比如爸爸可以提前准备四支蜡烛，选择一个晚上，单独跟大宝在一个房间，把灯熄灭，边做游戏，边讲故事。首先爸爸取出第一支蜡烛说，这是爸爸。然后点燃蜡烛，说爸爸好有爱，把屋子照亮了哦。然后取出第二支蜡烛说，后来爸爸遇到了妈妈，于是爸爸把爱给了妈妈，妈妈也把爱给了爸爸。接着点燃第二支蜡烛说，哇，爸爸妈妈的爱变得更多了，屋里有没有变得更亮呢？然后爸爸继续取出第三支蜡烛说，爸爸妈妈后来又遇到犇犇你，于是爸爸妈妈的爱又给了你。点燃第三支蜡烛，让犇犇看到，屋里更亮了。爸爸妈妈都爱犇犇，犇犇也爱爸爸妈妈，我们家里的爱更多了。最后取出第四支蜡烛说，然后爸爸妈妈犇犇，又遇到了谁呢？犇犇会猜到这是牛牛。爸爸把蜡烛点燃说，爸爸妈妈把爱给牛牛，也把爱给犇犇，爸爸妈妈的爱没有减少，现在加上牛牛的爱，我们的爱越来越多了。你看，屋里是不是更亮了呢！

很多时候，家庭中做些小游戏，既陪伴了大宝，让大宝感觉到爸爸妈妈对自己的关心没有改变，又让大宝认识到，家里多个弟弟妹妹感觉也很好。大宝有了充分的安全感，便会有更多的动力，承担起一个哥哥的保护责任。

犇犇的爸爸妈妈意识到自己对犇犇的忽视，开始拿出更多的时间陪伴犇犇，与犇犇交流。慢慢地，犇犇开始关心弟弟牛牛，关系也更加亲昵。

二胎时代，要让大宝和二宝同时沐浴着父母的爱，才会让两个宝宝更好地成长。千万不要因为二宝的出现而忽略了大宝的感受，进而伤害到大宝。相信大宝二宝之间的战争总会归于和平。

好父母，用心听

下午放学时，同事的儿子哭着来到了办公室，同事也一脸懊悔。

原来小家伙刚读一年级，同事每天都去接他放学。今天去接，天都黑了，却没等到孩子。各种担心开始让同事失去理智，在路上来来回回找了几遍后，终于看见了向她高高兴兴跑来的孩子。来到跟前，妈妈却一巴掌狠狠打在了儿子屁股上。

同事一番逼问，才知道儿子只是在打扫卫生，所以出来晚了。同事也为自己不分青红皂白就打了孩子感到内疚！

想起网上那个很火的帖子：贝贝的小姨带着女儿来做客。妈妈洗好苹果端了上来。贝贝急忙抓起一个咬了一口，"呸，这个不甜！"放下，又抓起一个咬了一口，"唉，还是不甜！"看着贝贝又要咬第三个，妈妈生气了："你这孩子，真不懂事，不仅不让着你表妹吃，还这么挑剔？！"贝贝转过头，一脸的天真："我就是想给表妹挑一个最甜的呀！"

很多时候，大人是武断的，强势的，喜欢先入为主地给孩子乱贴标签。如果大人能够蹲下身子，用心听听孩子说话，事情的结果也许会很不一样。

男孩打完篮球，身体畅快淋漓，带着一份满足和快乐，迫不及待地想回家跟父母分享，刚说没两句，妈妈就说，哎呀，看你这一身汗，快去把衣服换了免得感冒。爸爸接过话，打篮球好啊，不光锻炼身体，又培养意志力，你要好好坚持下去。听完爸爸妈妈的话，孩子扔下一句，你们什么时候听我说说话？摔门进了自己的房间，谈话戛然而止。留下莫名其妙的父母，茫然地互相看了一眼，不知道孩子为什么忽然生了气。

妈妈跟孩子你说你的，我说我的，两人之间都在自言自语，根本不在一个频道上沟通；爸爸看似鼓励，实际上只是在讲道理，并没有关注到孩子的情绪，这样不走心的倾听，也难怪孩子生气了。

儿子小的时候，每天坐我自行车上学，在后座上总是喜欢和我背靠背坐着，害得我在前面骑车很不放心，每每用手摸摸儿子是不是还在。有一次，我问他，人家都朝前坐着，你为啥喜欢朝后呢？儿子回答，朝后看到的东西多呀。现在想起来，当年的担心差点泯灭了孩子的好奇心。

朋友的孩子读高中，回家后经常闷闷不乐，因为自己在班级里不再是最优秀的学生。有天晚上十点半了，孩子还没回家。朋友站在阳台，看着渐渐冷清了的街道，心渐渐开始发慌。过了几分钟，孩子回来了，原来就在楼下跟同学聊天了。朋友告诉孩子，这么晚了没回家自己很担心，以后再有这样的情况要按门铃告诉她一声。孩子点头答应，并且也跟妈妈说起自己物理学习上的困惑，妈妈就温和地陪在孩子身边，抱着支持的态度说："这些都是可以改变的，你不会总感觉这样。初中的电学部分，你开始时也觉得很难，最后不都融会贯通了！"妈妈的温和与慈爱，让孩子的焦虑情绪得到了释放，孩子也表示要好好努力，尽快适应高中生活。

所以，只有父母用心倾听，孩子才愿意说出心里话。只有沟通顺畅，父母的合理化建议孩子才愿意接纳。倾听是一种从精神和感情上关怀孩子的重要方式，好的倾听里有鼓励、接纳、支持和抚慰。同时，倾听也是为了帮助孩子摆脱负面情绪，使他们恢复正常的思维能力，从而有足够的注意力来理解和接受别人的建议。

没有不爱孩子的父母，但有不懂孩子的父母。愿为人父母者，都能用心倾听孩子，对孩子多一些耐心，多一些理解。所以，好父母，用心听。

迷失了的边界感

好友婷跟我在微信上聊天。我调侃她，不好好坐月子，陪二宝，哪来的时间跟我闲聊啊？很久没有回复，我以为她已经下线了的时候，她却发来一句话，我可能抑郁了。我很吃惊，忙回复：怎么说？看到她的状态显示，对方正在输入，很久之后，她发来一句话，天天心情很糟糕。

我：因为什么？她：鸡毛蒜皮。我：那今天因为什么不高兴呢？

对方正在输入，很久后，她发过来：大家总是羡慕我离娘家近，我这几天偏偏就因为这个烦恼得很。我生二宝后，婆婆天天在家忙活，我挺感激她的。可是我妈每天都来，来了就到处看，我都觉得哪里不对，但是也没想出来是怎么回事。昨天我妈过来，我婆婆刚好出去了，我妈就问月嫂我婆婆去哪了，月嫂说出去买菜了。今天我妈又来，没看到我婆婆，就用不满的口气问我，你婆婆又干啥去了？可巧我婆婆坐在阳台叠尿布，听到我妈说话，忙出来搭话。那一刻，我觉得好尴尬。

无视别人的存在和付出，即使好心好意，结果却不一定真的好。

于是，我想起了台湾作家、作词人许常德写的那本《母爱很可怕》。书名是不是很反动？可是内容真的很真诚。里面一个个母亲，失去自我，走火入魔，毫无节制，过度关注，过度担心，无休止地卷入孩子生活。那些母爱，让人觉得窒息，也成为孩子沉重的负担。

热播剧《我的前半生》在争议中迎来了大结局。可以说，电视剧中迷失了的边界感，是引发争议的一个很重要的原因。

无论是友情、亲情还是爱情，都必须有清晰的边界感，如果没有了边界感，那么身处关系中的人都可能会受到伤害。

《我的前半生》中，子君的妈妈薛甄珠就是一个没有边界感的妈妈。当她的第二个女儿子群遇到棘手问题时，她会无所顾忌地领着子群到子君家借钱，并且觉得子君应该帮助她的二女儿。临走时，顺手拿走子君的披肩和包包。薛甄珠在子君家的大呼小叫，顺手牵羊，反客为主，让很多人对她的出场心生厌恶。她的反客为主，打乱了原生家庭和女儿核心家庭的边界。

赵朴初说过：父母的家永远是孩子的家，子女的家却从来不是父母的家。所以父母是不是应该尊重儿女的核心家庭利益，去女儿家也应客随主便呢？

《我的前半生》中，子君离婚后，背叛了自己和唐晶的友情，跟贺涵相爱，网上讨伐声一片。也许很大一部分原因，大家会认为，子君在友情中是越过了闺蜜边界的。

子君在唐晶面前过多地展露自己内心世界，过度依赖唐晶，在本该自己做决定时，希望唐晶给她做决定。这些都是边界不清的表现。

她是因为闺蜜才认识贺涵，孩子生病了，她没有先找孩子爸爸，没有求助自己亲人，也没有先找唐晶，通过唐晶获得贺涵的帮助，而是第一时间就想到了闺蜜的男友贺涵。她心情不好时，也是联系闺蜜的男友贺涵陪伴自己。

所以即使她在理智上不想背叛友情，这样的感情暧昧也已经越过了那条友情边界，所以很多网友评价子君不厚道，还调侃说，要防火防盗防闺蜜。

而在子君与俊生的家庭生活中，俊生努力工作，供养着出手阔绰的子君和她无底洞一样的娘家。而子君每天除了逛商场，还要像打了鸡血一样捉奸，甚至还会干涉俊生的工作，这也是一种边界不清。

爱情中的边界感，作家林语堂给我们做出了很好的榜样。林语堂负责赚钱养家，妻子负责料理家务，生活平静而幸福。林语堂平时喜欢参加文人聚会，以期获得在文坛崭露头角的机会，他的妻子都很支持，没有半句非议，对他的写作也从不妄言半句。

而林语堂也懂得体谅妻子，妻子精打细算，把家里料理得井井有条，无论妻子做了什么饭菜，林语堂都吃得津津有味，绝不挑剔，饭后还会帮妻子刷碗。因为他很少做家务，所以每次在厨房笨手笨脚，打碎碗碟，他妻子即使心惊胆战，为了不扫他的兴致，任由林语堂在厨房里自由发挥。

他们既互相欣赏，又不干涉对方，这样的边界感拿捏得恰到好处。人与人之间不越界，才会让彼此有一份安全感。保持合适的边界感，有分寸，才能获得友情、亲情、爱情的圆满。

边界感的获得，需要尊重和认同，需要宽容和迁就，更需要接纳和信任。

爸爸，我终于学坏了，你不意外吧

周末，一个十几岁的小朋友发来一张图片，一只手，手背上都是伤痕，看了让人触目惊心。我急忙问：谁的手？她回复：我的。我再问：怎么回事？她回复：自残。

不等我再问什么，她开始自己发来一段段文字：我实在受不了了，只能用这样的方式让自己好受一点。当我觉得手疼的时候，心里就不怎么疼了，至少现在我只觉得手在疼。

从她断断续续的文字中，我了解到她的情况。

小茗（化名），14岁，读八年级，成绩差。小茗读小学时，父亲婚内出轨，无数次争吵之后，父母离婚。在离婚现场，小茗哭着喊妈妈，妈妈却笑着走了。这个场景小茗记忆深刻，也对亲妈心有记恨。

小茗跟着父亲生活，父母离婚不久，父亲与继母结婚，接着弟弟出生。小茗是个乖乖女，在家里处处表现得很懂事，她希望用自己的懂事换得大人的喜欢。她渴望拥有一个幸福的家，不被冷落，不再吵闹。可是，家里争吵不断。她记得有一次，父母吵得很凶。她抱着弟弟大声说，你们能不能不要吵，给我和弟弟一个幸福的家，换来的是父亲的一声"滚"。

小茗只有好好表现，希望能换来家里的安宁。可是她所做的一切并没有换来她希望的结果，家里仍然争吵不断。

现在，小茗读八年级，她说，她再也没有心情读书了。她上课开始读言情小说，周末回家戴上耳机不听他们吵架。她自己说，她学坏了。

周末回家，她听到最多的就是父母的争吵。原来她的继母还有一个女儿，跟她差不多大，继母想把孩子接来跟她们一起生活。而父亲却以家里孩子多为由，拒绝了继母的要求。继母不甘心，多次跟父亲提，父亲最后把球踢给了小茗，说只要小茗同意就可以。于是，小茗成了继母讨好的对象。继母每每跟小茗提起那个妹妹，说妹妹多么不幸福，处境多么难。小茗明白，自己答不答应都是错。

从心里说，小茗不希望那个妹妹来，因为她知道，三个孩子中，只有自己不是亲妈，以后的日子肯定不好过。可是不让那个妹妹来，她又不忍心。因为她知道自己是怎么长大的，她不希望世界上再多一个她。

然后她就会失眠，纠结，难过。她不知道自己该怎么做，在很多次绝望后，她想到了死。她说，大不了一死了之。

听完小茗的陈述，我给她发了几个表情，说，抱抱你，宝贝。她说，你是第一个称我宝贝的人。谢谢你的怀抱。我说，你只是一个孩子，面对这么多问题时，你会难过，这很正常。她说，跟您说说，我心里舒服多了。我问她：你现在最想要的生活是什么？她说，离开家。我说，离开家后，你能干什么？她说，不能干什么呢！我去找过工作，人家嫌我小，不要我。我说，那就继续读书。你觉得爸爸妈妈是因为你吵架吗？她说，不全是。我说，或许吵架是他们的一种相处模式，也是在一起的一个磨合期。而你，只需要健健康康地长大就好了，把磨合交给他们自己。

两周之后，小茗留言，妹妹就要来了。我说，祝你和妹妹都好好长大。小茗问我：老师，如果我成了一个坏人，怎么办？我说，你是天使，哪有你那么善良的坏人？

离婚的家庭，或者再婚的家庭，大人都选择了对自己有利的做法，却把一些苦果都留给了孩子。孩子在这样的环境中，或者孤独求爱，或者孤独长大。正如小茗说的，既然我好好的，没人在意，那我就变坏吧！孩子不惜用变坏来引起家长的注意，不惜用变坏去帮助家庭向好，这或许会让人觉得意外，却又仿佛合情合理！孩子用自己的灵魂唤醒父母的灵魂，这样的孩子值得大人去爱，去关注。

全职妈妈陪出厌学娃

某学校暑假前召开家长会，会议开始前张洋（化名）的妈妈杨女士，面对全体家长和孩子，情绪激动地打了自己两巴掌，大家都觉得很震惊。张洋已经低着头泪流满面。

班主任把杨女士叫到办公室，杨女士说，从孩子升入初中，她就辞了职在学校附近租了房子陪读。她每天除了照顾孩子生活，晚上还要陪孩子复习功课，周末陪孩子做作业、上辅导班。可是，孩子的成绩却越来越差。她觉得孩子对不起自己的付出，所以情绪激动。

教张洋的老师都在，大家把张洋的在校表现跟他妈妈做了沟通。张洋，上课时爱做小动作，跑神，学习比较被动，老师们觉得他有些厌学。班主任把张洋领进了办公室。班主任告诉杨女士，考得不好，张洋也很难过。班主任给杨女士和张洋每人一张纸，让他们写出对方的 20 条优点和给对方的建议。

母子俩坐下，孩子很快就下笔了，妈妈却迟迟不写。孩子写了几条后，妈妈忽然夺过孩子的纸，撕了让他重写，说他写得不认真，有错别字。在孩子重写的过程中，妈妈开始落笔。张洋写了妈妈的十几条优点，只有一条建议，希望妈妈别那么凶。妈妈却只写了孩子的两条优点，建议孩子上课好好学，对得起父母等。

班主任首先肯定了孩子写得很好，对妈妈观察得很仔细，是懂得感恩的好孩子。让孩子回教室后，班主任问杨女士，平时在家陪伴孩子时，是不是也跟刚才的情景差不多。杨女士说，在家自己要求孩子更严格。

班主任建议杨女士继续写孩子的优点。班主任就坐在杨女士旁边，她写的过程中，班主任不时打断她，告诉她重写，写得不够认真。连续四次被打断后，杨女士哭了，哭得很伤心，边哭边说，我懂了，我的孩子变成这样，很大程度是我造成的。没想到，这样的陪伴让人这么难过，这么无助，觉得自己怎么就那么差。这样的一次体验活动，让杨女士看清了自己的问题。

家长最好的陪伴，是做孩子的啦啦队，而不是裁判员。要及时发现孩子的优点，鼓励孩子，用优点去影响孩子的不足。而不是像裁判员那样，发现错误就吹哨制止。家长要做孩子的榜样，你想让孩子干什么，要率先垂范。再就是，要让爸爸参与到孩子的成长中来，父亲的缺席，不利于孩子完成自我认同和社会认同。

这虽是一次突发事件，却让杨女士改变了认知，成为杨女士和孩子成长的契机。正如假期中杨女士的留言，当不再对孩子指责，竟发现孩子身上也有很多优点；当放手让孩子做主时，发现孩子做得也很不错；当和风细雨地跟孩子交流，很多问题很轻松就可以解决，家里也不再剑拔弩张。教育的本质是唤醒而非控制，我想，杨女士意识到了。

男孩肚子疼，竟是心病作怪

13岁的男孩小鹏（化名），身体瘦弱，有些厌学。他每到周三就肚子疼，需要家长去学校接，周四返校。这事如此反复多次后，引起了班主任的注意。

又一次打电话通知家长后，班主任约孩子坐下来谈谈，为什么总是周三肚子疼，是饮食不当还是什么原因？面对班主任的关心，小鹏开口说，其实自己只是想回家看看爸妈，隐约觉得他们之间出了问题，所以总是很担心。

小鹏跟班主任说，周末回家，爸妈虽然都在家，但是三人坐在一起吃饭时，爸妈都只跟小鹏说话。只要他们两人单独相处，经常会吵架。有一次，他站在屋外准备开门的时候，听到爸妈争吵得特别厉害。可是开门后，他们都不再吵了，假装什么事都没发生。他问妈妈，妈妈总说没事。他问爸爸，爸爸又说："你好好上学，其他的事不用管。"小鹏说，虽然自己在学校里，但每天都很为爸妈担心，甚至怀疑他们要离婚，或者已经离婚了。

班主任感觉到小鹏内心的负面情绪无法释放，只能默默承受，这已经影响到了小鹏的学习生活。大人选择对孩子隐瞒事实，而孩子也跟大人出奇的相似，假装不知情。其实大人的事情，孩子已经看到、听到，甚至感受到了。于是，班主任问小鹏："你周三回家能够解决问题吗？"小鹏说："不能，就是看看放心。"班主任问小鹏："需要把爸妈都请来，换个环境交流一下吗？"小鹏同意了。

几天后，小鹏的爸妈来到学校，班主任单独跟他们谈了小鹏的在校表现，也说了小鹏的顾虑。小鹏的妈妈哭了，她说夫妻之间确实出现了问题，正在办理离婚。不过，为了孩子，打算先不告诉他，离婚后也仍然住在一起，没想到孩子已经觉察到了。小鹏的父亲一直低着头沉默。班主任告诉他们，看似一切为了孩子，其实也苦了孩子。小鹏现在极度缺乏安全感，学习状态也不好，可能与父母对他的隐瞒也有关系。班主任建议一家三口坐在一起，夫妻两人坦诚地对孩子谈谈家庭现状，要相信孩子处理问题的能力。小鹏的父母同意后，班主任把小鹏叫过来，给他们一家人独立的空间，一家三口在办公室聊了很久……

　　这个周三，小鹏没回家。小鹏跟爸妈说，他希望爸妈学会爱自己，而不是苦自己。如果他们真的离婚了，希望他们相互心里有爱而不是恨，也不要因为小鹏去忍。父母答应小鹏，无论什么结果，都不再瞒着小鹏，两人也表示舍不得小鹏受苦，愿意再尝试，再努力半年，看看能不能挽回感情。爸妈告诉小鹏，以后每个周三都会来学校看他，小鹏不用再假装肚子疼回家了。

　　有人说，最完美的家庭是爸爸爱妈妈，而糟糕的家庭却各有各的不同。很多父母坚持苦情式的婚姻观，以为一切都是为了孩子，却恰恰伤害了孩子，让孩子丧失了安全感。

调解产后抑郁，从家人的宽容理解开始

　　刚生完二宝的小玲（化名）最近感觉很烦躁，情绪莫名低落，经常失眠，头发也一把把地掉。她去医院门诊检查，被诊断为轻度抑郁。后来，托朋友关系，小玲联系到了咨询师。

　　小玲说自己家经济状况不太好，生了两个男孩后压力更大了，想快点上班可又不放心婆婆自己带孩子。虽然婆婆人很好，但是婆婆的教育方式太陈旧，太传统。"婆婆每次抱小宝都不洗手，有一天竟然让大宝吃剩饭。"

　　咨询师说："老人年纪大了，接收的信息不平衡，跟现在的教育方式有偏差也正常。"然后，咨询师问小玲她爱人工作怎么样。小玲说，她爱人是大学老师，很优秀。于是，咨询师说："就是啊，你看婆婆用传统方式教育出的孩子也很优秀啊。如果担心上班之后孩子饮食有问题，可以把孩子每天要吃的辅食提前准备好，不妨与老人坦诚交流，把你心里话说给她听，也许她一直用心在做，只不过你想要苹果，可她却给你一箱橘子，她的初心是好的。"听完，小玲点点头，说婆婆其实还是不错的。咨询师告诉小玲，遇到问题，可以换一个角度想，与其生活在担心中，不如问问自己，在现在的条件下，可以做到什么。这样就会改变很多不合理的观念，自己也会改变和成长。

　　小玲倾诉说，她爱人很优秀，但是回家很少说话，就坐那里玩手机。她感受不到理解，很委屈，很压抑，觉得快要撑不住了。针对这个问题，咨询师觉得需要进行夫妻咨询，于是打电话给小玲的爱人，问他是否了

解抑郁症。他说了解一些。咨询师又问："那你爱人的情况你了解吗？"对方说："觉得她最近确实有些问题，爱哭，脾气也很暴躁，也带她去医院看过，医生说她有些抑郁。"咨询师说："丈夫的安慰就是改善妻子抑郁最好的一剂良药，她生病其实就是对你的一种提醒，在她情绪最糟糕的时候，你的陪伴会让她变得更好，其实她就是想让你对她再好些呢。"小玲的丈夫马上领悟到了，说："我明白了，怪不得那天去检查，她拿着检查结果告诉我是轻度抑郁时，她的脸上不是悲伤，反而有些高兴。原来她是想让我多陪陪她啊。"

　　懂得了小玲的心理需求，小玲的爱人变化很大，每次回到家，会主动帮助小玲哄哄孩子，陪她聊聊天，互相说说一天中发生的事情，有时让老人看着孩子，两人还会出去散散步，或看一场电影。几个月后，咨询师再次见到小玲，看到她精神状况非常好，她自己也说，已经停止服药了。现在在家里，觉得婆婆人很好，每天为他们忙东忙西，一家人和和睦睦的，自己也不那么钻牛角尖了，觉得一切都步入正轨。

家暴：如果有来生，但愿不相逢

2018年1月5日，江苏泰兴市一名9岁男孩，出门玩耍时弄丢了手机。寻找数小时无果，最终他回了家。母亲得知后非常生气，她用胶布将男孩的手脚、身体捆绑起来，不让他反抗，用木棍从傍晚6点打到深夜11点，打了歇，歇了打，期间只喂了几口水。次日清早，男孩穿着单薄的秋衣裤，趴在冰冷的地板上，永远闭上了眼睛。有邻居说，男孩的爸爸常年不回家，都是妈妈一人带孩子。长期被爸爸忽视、隔离、冷落的妈妈经常说男人没有一个好东西，经常打骂孩子，说孩子是讨债鬼。

从语言谩骂的精神暴力到肉体摧残，我们总以为家庭暴力离我们很远。其实，家暴无时无刻不在发生，有可能就在我们身边，也有可能在我们看不见的角落进行。

2015年4月，南京一名9岁的男童被养父母虐待，遍体鳞伤。同年，湖北十堰市白浪区网友曝光了一组7岁女孩伤痕累累的照片，称女孩长期遭受后母和生父暴打。

有缘做母子，手下请留情。如果有来生，但愿不相逢。

托尔斯泰说，幸福的家庭都是相似的，不幸的家庭却各有各的不幸。

《不要和陌生人说话》是一部反映家庭暴力的电视剧，冯远征饰演的男主角家暴梅婷饰演的女主角，让不少观众心惊胆战，一度留下了心理阴影，并对冯远征心存成见。观众虽然在媒体上看到，生活中的冯远征对妻子温柔体贴，可是每次看到他，无论在哪部电视剧，都会心存余悸，感觉他的眼睛后面还有那双暴虐的第三只眼，感觉他歇斯底里的人格特质会突然出现。

打人时，如同恶魔，不打人时，却像天使。打人时，置人于死地，打人后，却痛哭流涕。这样的反复无常，就是恶性循环。梅婷饰演的女主角，因为嫁错了人，生活不幸福，还有生命危险。据统计，全球每18秒就有一名妇女受虐待，引发家暴的主要原因包括：感情不和，家庭纠纷，男方出轨，不良嗜好等。

任何家庭暴力，看似突然而至，实则预谋已久。家里人往往羞于启齿，外人却又难以介入。

电影《无问西东》上映了，里面有一对平凡的夫妻——许伯常和刘淑芬。许伯常出身寒门，刘淑芬供他读书，他对她山盟海誓，许一世婚姻，她对他倾其所有，坚守一生。他们也曾花前月下，眉目传情。大学毕业后许伯常悔婚，刘淑芬以死相逼，两人迫于压力结婚。

婚前，刘淑芬满怀希望。婚后，刘淑芬只剩失望。刘淑芬每天洗衣做饭，叮嘱许伯常把饭都吃完，自己却用咸菜冲水喝。她爱他热火朝天，溢于言表。许伯常却报之于冷漠，家里所有的东西，他都分得清清楚楚。她把他的杯子摔了，他宁肯用碗喝水，也不用她的。家里窄小的空间里，摆着两张单人床，他们各睡各的。他对别人如沐春风，对学生认真负责，唯独对她冷若冰霜，视若空气。

从希望到失望。她跟他吵，他无动于衷。她跟他闹，他不予回应。她歇斯底里，他心门关闭。正如刘淑芬对他的控诉：外人只看到了我怎么打你骂你，可他们不知道你是怎么打的我。你用你的态度打我，你让我觉得我是世界上最糟糕的人。

当王敏佳（章子怡饰）看不惯刘淑芬欺负自己的老师，写信给刘淑芬，警告她不要太过分；当刘淑芬查出王敏佳的字体，去王的单位大闹，还几乎导致王被群殴致死，刘淑芬深受刺激，这件事成为压倒她的最后一根稻草，从对婚姻的失望到彻底绝望，她直接跳井，结束了自己的生命，也结束了曾经心怀憧憬，最终却让她彻底绝望的婚姻。

不看，不理，不碰，是最狠的报复，是痛彻心扉的冷暴力。爱的反面不是恨，是冷漠。她带着满满的希望嫁给他，却带着深深的绝望离去。刘淑芬，如果提前了解了你的婚姻，你是否还有勇气坚持？

家暴和出轨一样，只有0次和无数次的区别。而受暴者却一次次对施暴者心存幻想，每次幻想破灭，便会形成习得性无助。

1967年，美国心理学家塞利格曼用狗作了一项实验，起初把狗关在笼子里，只要蜂音器一响，就给以难受的电击，狗被关在笼子里逃避不了电击。多次实验后，蜂音器一响，即使在给电击前，先把笼门打开，此时的狗也不再逃跑。本来可以主动地逃避却绝望地等待痛苦的来临，这就是习得性的无助。

家庭暴力中的弱者，普遍具有的共性便是习得性无助。他们每天隐忍求全，提心吊胆，积累愤怒，无处释放。一旦忍无可忍，愤怒如火山爆发，便会出现极端行为，以暴制暴。轻则受暴者变成施暴者，重则变成凶手，家破人亡。

2018年1月20日中央电视台播出的《今日说法——家暴之伤》里讲了两个家庭悲剧，其一，果某某，女，因长期遭受家庭暴力，在丈夫再次拿刀威胁自己母亲生命时，手持木棍把丈夫殴打致死。其二，王建彬，男，因父亲长期家暴母亲和弟弟，选择在父亲醉酒的情况下，用绳子将父亲勒死。

这样的以暴制暴，是解脱还是毁灭？家庭暴力如同悬崖，如同深渊，退一步海阔天空，进一步粉身碎骨。

让我们一起对家庭暴力说不！